PROCURANDO DEUS
UM ENSINO RELIGIOSO

Editora Appris Ltda.
1.ª Edição - Copyright© 2024 do autor
Direitos de Edição Reservados à Editora Appris Ltda.

Nenhuma parte desta obra poderá ser utilizada indevidamente, sem estar de acordo com a Lei nº 9.610/98. Se incorreções forem encontradas, serão de exclusiva responsabilidade de seus organizadores. Foi realizado o Depósito Legal na Fundação Biblioteca Nacional, de acordo com as Leis nos 10.994, de 14/12/2004, e 12.192, de 14/01/2010.

Catalogação na Fonte
Elaborado por: Dayanne Leal Souza
Bibliotecária CRB 9/2162

R484p 2024	Ribeiro, Célio dos Santos Procurando Deus: um ensino religioso / Célio dos Santos Ribeiro. – 1. ed. – Curitiba: Appris, 2024. 167 p. ; 23 cm. – (Coleção Ciências Sociais). Inclui referências. ISBN 978-65-250-6824-4 1. Teologia. 2. Filosofia. 3. História. I. Ribeiro, Célio dos Santos. II. Título. III. Série. CDD – 230

Livro de acordo com a normalização técnica da ABNT

Appris
editora

Editora e Livraria Appris Ltda.
Av. Manoel Ribas, 2265 – Mercês
Curitiba/PR – CEP: 80810-002
Tel. (41) 3156 - 4731
www.editoraappris.com.br

Printed in Brazil
Impresso no Brasil

Célio dos Santos Ribeiro

PROCURANDO DEUS
UM ENSINO RELIGIOSO

Appris
editora

Curitiba, PR
2024

FICHA TÉCNICA

EDITORIAL
Augusto Coelho
Sara C. de Andrade Coelho

COMITÊ EDITORIAL

Ana El Achkar (Universo/RJ)
Andréa Barbosa Gouveia (UFPR)
Antonio Evangelista de Souza Netto (PUC-SP)
Belinda Cunha (UFPB)
Délton Winter de Carvalho (FMP)
Edson da Silva (UFVJM)
Eliete Correia dos Santos (UEPB)
Erineu Foerste (Ufes)
Fabiano Santos (UERJ-IESP)
Francinete Fernandes de Sousa (UEPB)
Francisco Carlos Duarte (PUCPR)
Francisco de Assis (Fiam-Faam-SP-Brasil)
Gláucia Figueiredo (UNIPAMPA/ UDELAR)
Jacques de Lima Ferreira (UNOESC)
Jean Carlos Gonçalves (UFPR)
José Wálter Nunes (UnB)
Junia de Vilhena (PUC-RIO)

Lucas Mesquita (UNILA)
Márcia Gonçalves (Unitau)
Maria Aparecida Barbosa (USP)
Maria Margarida de Andrade (Umack)
Marilda A. Behrens (PUCPR)
Marília Andrade Torales Campos (UFPR)
Marli Caetano
Patrícia L. Torres (PUCPR)
Paula Costa Mosca Macedo (UNIFESP)
Ramon Blanco (UNILA)
Roberta Ecleide Kelly (NEPE)
Roque Ismael da Costa Güllich (UFFS)
Sergio Gomes (UFRJ)
Tiago Gagliano Pinto Alberto (PUCPR)
Toni Reis (UP)
Valdomiro de Oliveira (UFPR)

SUPERVISORA EDITORIAL
Renata C. Lopes

PRODUÇÃO EDITORIAL
Bruna Holmen

REVISÃO
Katine Walmrath

DIAGRAMAÇÃO
Amélia Lopes

CAPA
Carlos Pereira

REVISÃO DE PROVA
Sabrina Costa

COMITÊ CIENTÍFICO DA COLEÇÃO CIÊNCIAS SOCIAIS

DIREÇÃO CIENTÍFICA Fabiano Santos (UERJ-IESP)

CONSULTORES

Alícia Ferreira Gonçalves (UFPB)
Artur Perrusi (UFPB)
Carlos Xavier de Azevedo Netto (UFPB)
Charles Pessanha (UFRJ)
Flávio Munhoz Sofiati (UFG)
Elisandro Pires Frigo (UFPR-Palotina)
Gabriel Augusto Miranda Setti (UnB)
Helcimara de Souza Telles (UFMG)
Iraneide Soares da Silva (UFC-UFPI)
João Feres Junior (Uerj)

Jordão Horta Nunes (UFG)
José Henrique Artigas de Godoy (UFPB)
Josilene Pinheiro Mariz (UFCG)
Leticia Andrade (UEMS)
Luiz Gonzaga Teixeira (USP)
Marcelo Almeida Peloggio (UFC)
Maurício Novaes Souza (IF Sudeste-MG)
Michelle Sato Frigo (UFPR-Palotina)
Revalino Freitas (UFG)
Simone Wolff (UEL)

PREFÁCIO

Em torno de alguns temas apenas deveríamos escrever quando nossas análises possibilitassem algo novo. Caso contrário, seria apenas repetição.

No campo do Ensino Religioso, da Teologia e da Ciência da Religião, tal situação tem acontecido com escandalosa frequência. É motivo de alegria sempre que uma nova perspectiva é publicada, quer seja para ampliar a visão teórica, quer seja para levantar novas hipóteses.

Com o livro *Procurando Deus: um ensino religioso*, foram ultrapassadas muitas expectativas que possibilitarão uma nova visão da religião, do humano e de Deus, sem contar a possibilidade de novos debates.

O professor Célio dos Santos Ribeiro, amigo de quarenta longos anos, não se limitou àquilo que poderia trazer um bom livro que une Ensino Religioso, Teologia, Ciência da Religião e Filosofia. A moldura teórica não se constituiu simplesmente de uma apresentação brilhante de argumentos contra o uso das religiões enquanto instrumentos de poder, mas revela com maestria o que há de nobre em cada experiência religiosa e um conceito novo de Deus.

Temos um livro diante de nós que revoluciona a própria concepção de Religião e de Transcendência. Tal obra exige uma base muito ampla, uma arquitetônica inovadora e uma combinação de conceitos filosóficos e teológicos inovadores escritos livres das amarras de ortodoxias.

O autor desenvolve neste livro elementos centrais para o conhecimento e procedimento hermenêutico de cada texto sagrado produzido na história, possibilitando ao leitor atento uma nova visão sobre Deus, Religião, Ensino Religioso e Teologia.

Somente percebemos que tudo se funda na linguagem, que Ensino Religioso, Teologia e Ciência da Religião são linguagem, que seus fundamentos deslizam sobre pressupostos linguísticos. Daí começamos a perceber os contornos da profunda inovação que traz para profissionais que atuam com Ensino Religioso nas unidades escolares e/ou nas instituições religiosas.

Ainda, o autor nos conduz para novos caminhos em que elimina a expressão "divindades" para lançar o leitor para o "Transcendente", o

"Tu Divino". E, de forma criativa, em diálogo com uma criança curiosa, leva à superação das teologias excludentes e discursos preconceituosos em relação ao diferente na fisionomia e na cultura.

O amigo Célio nos remete ao universo das Religiões e do Ensino Religioso com a beleza da Hermenêutica para compreendermos que somos "ser no mundo" e que aqui conceituamos a essência, a imanência, a transcendência e demais fenômenos que chegaram e chegam até nós.

Quanto à crise da religião e do humano apresentadas pelo autor, é crise de fundamento e crise ética formulada pela triste tentativa de sobrepor uma religião a outra. É nesse contexto que o livro passa a definir sua forma e dinâmica interna. É no quadro da matriz hermenêutico-linguística que, então, ao mesmo tempo em que nos sustenta, terá que ser compreendida a condição essencial das Religiões e de suas Teologias. Só assim a solução para a crise teológica e inter-religiosa se apresentará com um potencial de constante revisão e ajustamento para entender um pouco mais sobre Deus.

O autor não nos apresenta simplesmente teorias e discursos das diferentes ortodoxias para a compreensão e interpretação das grandes tradições religiosas. Ele aponta caminhos para encontrar Deus e com consciência e liberdade amá-lo ou rejeitá-lo.

Boa leitura!

Paulo Cesar Ferreira

Mestre em Teologia

APRESENTAÇÃO

Procurar Deus não é tarefa fácil, pode ser logo ou demorado, pode ser na infância, juventude ou velhice. Pode ser em plena vida, na doença ou no momento da morte. A tarefa de procurar Deus depende de uma motivação e de como e onde o humano realiza sua busca.

Os que procuram pelo Ab-Soluto, Aquele que está só, o Theós, Deus ou Mistério, aceitam a incerteza de ele ser ou não ser. Para os místicos, Deus está tão distante e tão próximo. Pode estar na terra, na água, na montanha, no vento, nas matas ou na brisa suave. Os não místicos procuram e não encontram, alguns desistem e outros, como eu, continuam procurando.

Não é tarefa fácil encontrar um gato preto no quarto escuro quando não sabemos se realmente ele lá está, mas fica mais fácil procurar um gato preto no quarto escuro ciente de que ele lá está.

Deus é o Mistério a ser procurado e experimentado na existência, por isso a procura e experiência deve ser na história, nas culturas, religiões, relações sociais, no almoço em família ou na Filosofia.

É sabido que há diversas culturas, experiências religiosas e diversas filosofias e teologias que se expressaram sobre Deus. Assim, é possível sustentar a tese de que Deus é procurado pelo ser humano. É este, na existência, que define Deus a partir do contexto cultural, geográfico, econômico, social, mítico e político.

As culturas recepcionaram a ideia de Ab-Soluto, Aquele que está só, que é causa e/ou essência da existência ou "motor imóvel". Há pensadores — a exemplo de Jean Paul Sartre — que se calam diante dessa ideia, preferem o silêncio.

Há autores — a exemplo de Ludwig Feuerbach, Karl Marx e Sigmund Freud — que negam qualquer possibilidade de aproximação do humano e Deus, mas o colocam enquanto objeto de reflexão. Quanto às religiões, têm a inaudita coragem de até mesmo atribuir nomes a Deus.

Povos que viviam no deserto pensaram a ideia de um paraíso inverso ao deserto. Povos que viviam nas margens de rios definiram a água enquanto sagrada. Povos que viviam em montanhas relacionaram o ambiente geográfico com a ideia de Deus nas alturas. Povos que viviam em florestas criaram até mesmo cultos à mãe natureza. Ainda, povos que viviam em guerras envolveram Deus em seus conflitos. Vencer a guerra é ação de Deus e perder a batalha é castigo de Deus.

Ainda, antes do relato e das reflexões sobre a procura de Deus em diferentes caminhos, faz-se justo e necessário trilhar os caminhos da antropologia para atingir a teologia. É na existência que o ser humano define o objeto e/ou professa sua fé ou faz a negação.

Ao expor a procura por Deus ou responder à pergunta "Onde está Deus?", sua importância e problemática requer o esforço para entender os caminhos da antropologia para acontecer a busca, ciente de que não há caminho para o transcendente sem passar pelo imanente.

Ainda, pela liberdade humana na existência — na concepção sartreana — o humano é o único capaz de definir qualquer objeto na própria existência, isto é, "a existência precede à essência", o que o faz impreterível para a história.

Neste trabalho de pesquisa será possível perceber a sintonia do texto com o pensamento dos autores citados e outros expressados nas referências bibliográficas. Ademais, esta exposição não tem a intenção de esgotar o assunto, mas possibilitar ao leitor uma noção geral sobre o objeto com possíveis lacunas a serem preenchidas.

Aqui, os objetivos são: ressaltar uma Teologia que transcenda o discurso eclesiástico e/ou de uma tradição religiosa, produzir um texto que possa revelar os valores da Teologia e da Filosofia na história e apresentar referências teológicas e filosóficas que possibilitem o ecumenismo, o diálogo inter-religioso e a coexistência.

SUMÁRIO

INTRODUÇÃO 11

CAMINHO 1
PROCURANDO DEUS NO JUDAÍSMO 15

CAMINHO 2
PROCURANDO DEUS NO CRISTIANISMO 35

CAMINHO 3
PROCURANDO DEUS NO ISLAMISMO 55

CAMINHO 4
PROCURANDO DEUS NO HINDUÍSMO 69

CAMINHO 5
PROCURANDO DEUS NO JAINISMO 89

CAMINHO 6
PROCURANDO DEUS NO BUDISMO 97

CAMINHO 7
PROCURANDO DEUS NO XINTOÍSMO....................... 111

CAMINHO 8
PROCURANDO DEUS NO TAOÍSMO 123

CAMINHO 9
PROCURANDO DEUS NO CANDOMBLÉ 133

CAMINHO 10
PROCURANDO DEUS NA FILOSOFIA 147

CONSIDERAÇÕES FINAIS.................................... 155

REFERÊNCIAS 161

INTRODUÇÃO

Há inúmeros trabalhos com a mesma temática e referências, entre os quais destaco os escritos e orientações de Faustino Teixeira, cientista e filósofo das religiões com vasta produção; Emile Dermenghem, com sua obra *Maomé e a tradição islamítica*; Hans Küng, com *Religiões do mundo*; Leonardo Boff, com *Ecologia: grito da terra, grito dos pobres*; Pedro Iwaschita, com *Maria e Iemanjá: análise de um sincretismo*; o Dalai Lama, com *Ética para o novo milênio*; Fritjof Capra, com *O ponto de mutação*; Theilhard de Chardin, com *O fenômeno humano*; Caterina Conio, com *O hinduísmo*; Isabelle Robinet, com *História do taoísmo*; Samuel Johnson, com a *História dos yorubás*; Scott Littleton, com sua obra em torno do Xintoísmo e outros citados nas referências bibliográficas utilizadas neste trabalho.

Numa pesquisa rápida é possível identificar o currículo e genialidade dos autores citados. Com maestria, competência e habilidades exclusivas, ofereceram como dádiva à comunidade científica e aos que procuram por Deus nobres produções teológicas e filosóficas que revelam as origens e importância das religiões para a história do conhecimento.

Sabendo que Deus é Mistério, parece impossível atingir o objeto em sua plenitude, mas podemos tentar fazer o que as diferentes teologias realizaram: aproximar o humano do Mistério, possibilitando experiências e apresentando conceitos e/ou nomes possíveis para Deus.

Assim, seria ingenuidade de minha parte ficar limitado ao Cristianismo, que é um entre tantos caminhos para procurar por Deus. Por isso, faz-se justo e necessário recorrer também às fontes do judaísmo, islamismo, hinduísmo, budismo, xintoísmo, taoísmo, jainismo, candomblé e ao caminho da filosofia, os quais revelam esforços, pesquisas, práticas, experiências de fé, ortodoxias e ortopraxias específicas.

Ainda, fazendo uso do estilo platônico de produzir, abrirei diálogo com Bela, uma criança cheia de curiosidade e apreço pelo conhecimento. Bela é filha de Betelza ou BET-EL-ZA, o lugar onde Deus brilha ou Beleza.

Quanto ao método é bom ressaltar que na filosofia não há pensador moderno que não tenha tratado sobre a importância do método. Isso é fato em Descartes, Spinoza, Leibniz, Bacon e Kant, porém a teologia ignorou a questão do método por muito tempo.

Para Clodovis Boff, o qual propiciou grande contribuição à teologia com sua obra *Teoria do método teológico* (1998), a prática da teologia, sua gramática, suas regras e sua epistemologia são fundamentais para que o pesquisador possa articular seus doze elementos fundamentais: a fé, o texto sagrado, a instituição, os fiéis, a tradição, o magistério, a filosofia, a prática, a linguagem, a razão, a ciência e outras teologias.

Para Clodovis, ao se fazer teologia, o que é válido à Ciência da Religião, o pesquisador deve dividir o seu trabalho em quatro partes: técnicas, método, epistemologia e espírito, sem deixar de lado a ótica da libertação. Além desse direcionamento, aponta outros como: as consciências ecológica, étnica, feminista e inter-religiosa. Ao revelar a fonte da teologia, ressalta a fé, o mistério e o amor.

Rejeitando uma perspectiva puramente intelectualizante da teologia, critica a razão instrumental iluminista, propõe o uso de uma razão discursiva e defende a experiência de fé que se realiza na comunidade, o ponto de partida da produção teológica e/ou início da procura por Deus. Para Clodovis, a fé se ouve, se deixa penetrar pela consciência e se pratica, isto é, passa pelo ver, julgar e agir, possibilitando assim o sentido do discurso teológico.

Dessarte, neste trabalho, além de acolher as orientações metodológicas de Clodovis Boff, ressalta-se o valor da Hermenêutica perante os textos sagrados históricos porque o teólogo passa por duas fases em sua incansável procura por Deus. Na primeira transcorre a pesquisa, a interpretação, a história e a dialética; e na segunda especifica a fundação, a doutrina, a sistemática e a comunicação.

A pesquisa recolhe dados sobre a relação humana com o divino; a interpretação assegura o significado; a história revela os dados encarnados em ações e movimentos; a dialética investiga as conclusões conflitantes dos historiadores, intérpretes e pesquisadores; a fundação objetiva o horizonte alcançado pela conversão intelectual, moral e religiosa; a doutrina serve-se da fé como guia para escolher entre as alternativas propiciadas pela dialética; a sistemática procura um esclarecimento definitivo do significado das doutrinas e a comunicação tem enquanto finalidade a apresentação inteligível e eficaz do resultado encontrado nos caminhos abertos que podem levar até Deus.

Assim, é possível tematizar a abertura do ser humano ao Mistério que o envolve, sem perder seu horizonte utópico e melhor compreensão de si e da própria história, pois no fundo de toda situação teológica estão os fundamentos últimos do ser humano.

Em relação a Deus, o humano toma a atitude de quem se sente desafiado, de quem experimenta um apelo para ir ao encontro de algo que está além da racionalidade. Por isso, a filosofia procura e questiona o Desconhecido e/ou Deus para entender ou deixar outras dúvidas ao humano, sistematizando a relação imanente e transcendente.

Quanto ao uso da filosofia, por não estar limitada à pura facticidade, a filosofia indaga o fático pelo seu ser verdadeiro. Em outras palavras, o pensamento filosófico não se contenta com como as coisas estão e são, o filósofo sempre está procurando, expressando pela linguagem o que encontrou com categorias humanas.

Logo, aqui neste discurso histórico, filosófico e teológico a procura por Deus se desenvolve em quatro dimensões: no caminho para fora do ser humano, conforme fazem o judaísmo, o cristianismo e o islamismo. No caminho para dentro, como expressam o hinduísmo, o xintoísmo, o taoísmo e o budismo. Em ambos os caminhos, como fazem o candomblé e o jainismo, enfatizando a comunhão plena entre criaturas e a natureza criadora, comprovando a possibilidade de práticas ecumênicas, inter- -religiosas e coexistenciais. E ao final, no caminho da dúvida, a partir do nada, como faz a filosofia. Assim, procura identificar contribuições para a ética da responsabilidade.

Aqui, Bela, uma aluna do quinto ano do ensino fundamental, com seus 11 anos, abre o diálogo com o professor Sócrates, que com seus cabelos já grisalhos redescobre a arte de ensinar e aprender com uma criança curiosa, que faz suas exclamações retorcerem até se transformarem em novas interrogações. A partir de uma pergunta de um professor de Filosofia, outras questões foram gestadas. Entre estas a dúvida: "Onde está Deus?".

CAMINHO 1

PROCURANDO DEUS NO JUDAÍSMO

Era uma segunda-feira de verão, início do ano letivo na Escola Municipal de Educação Básica "Cabeças Pensantes", município de Brusque, interior de Santa Catarina. Talvez seja o único município do Brasil em que o poder público investe na educação com o ensino de Filosofia e Cidadania, enquanto componente curricular, para alunos dos anos iniciais do ensino fundamental.

Meu nome é Sócrates. Nunca fui casado; após o óbito de quem amei em 1997, optei pela solidão. Sou professor de Filosofia desde 1990, já me aproximo dos 60 anos e em breve serei mais um entre os idosos.

Após lecionar por trinta anos em universidades e ensino médio, comecei a fazer a experiência de aposentado em 2020. E por sentir pavor da aposentadoria retornei à sala de aula naquele mesmo ano. Atualmente leciono Filosofia para crianças no ensino fundamental em Brusque no período matutino e em Blumenau aos jovens no ensino médio, período noturno.

Devido às limitações visuais, não estou mais dirigindo e diariamente faço uso de ônibus para me deslocar até Brusque. Em noite de lua cheia me deparo com a beleza lunar. Ao descer do ônibus na Rodovia Ivo da Silveira, cinco quilômetros antes de chegar em Brusque, na entrada do bairro Bateas, caminho todos os dias três quilômetros até a Escola Municipal de Ensino Fundamental "Cabeças Pensantes".

Nas caminhadas entre a rodovia e a escola, sinto a brisa da zona rural, a simplicidade das pessoas, me deparo com gentes simples que habitam naquele caminho, percebo a beleza da natureza com vastas pastagens, bois, vacas, ovelhas, galinhas e flores. No caminho penso no humano que vai se definhando no tempo sem perceber.

Ao chegar na escola no primeiro dia de aula, contemplei a beleza da correria das crianças chegando para o processo de ensino e aprendizagem. Troca de abraços entre alunos após as férias, crianças do primeiro ano chorando porque estavam inseguras perante aquele mundo diferente da pré-escola, professores chegando atrasados, outros reclamando porque as férias foram curtas, os funcionários e a diretora acolhendo a todos. O menino com transtorno do espectro autista agarrado na mãe, devido ao barulho e multidão. A professora já aposentada encostando o fusca 77, feliz por mais um ano letivo carregado de desafios. O jardineiro regando as flores do jardim. A professora iniciante que vai começar na profissão porque não tinha outra coisa para fazer. A menina portadora de síndrome de down correndo feliz pelo corredor em que é proibido correr... É o mundo mágico da Escola.

Enquanto professor sempre aprendo a aprender e meu aprendizado começa com a chamada dos alunos. Sempre há um nome curioso e criativo. Gosto de perguntar aos alunos:

— Por que seu nome é esse? Quem colocou esse nome? Por que escolheram esse nome pra você? Às vezes tenho vontade de fazer a piada do Selton Melo no filme *O palhaço*, "Este é nome que se apresente?". Jamais faço. Com crianças não se brinca com piadas. Ofensas e gritos, nem pensar, é trauma na certa!

O sinal tocou às 7h30 e me dirigi até a sala do 3º ano do ensino fundamental, anos iniciais, onde analisamos o problema do sofisma na música da barata: "A barata diz que tem um anel de formatura, é mentira da barata, ela tem a casca dura...". Um bom exemplo de sofisma.

Depois passei no 4º ano e analisamos "o problema ético na história da Chapeuzinho Vermelho...", uma mãe que explora a mão de obra infantil mandando uma criança sozinha com uma cesta cheia de doces até a casa da vovó, uma filha que abandona a mãe na floresta e envia "doces a pessoa idosa...", "um caçador que pratica crime ambiental...". Uma sucessão de crimes, que horror!

E na última aula lá fui eu para a turma do 5º ano do ensino fundamental... me apresentei e iniciei a chamada...

— Aristóteles de Estagira?

— Presente!

— Antônio Gramsci?

— Presente!

— Anita Garibaldi?

— Presente!

— Anaxímenes de Mileto?

— Presente!

— Angela Davis?

— Presente!

— Bruno Forte?

— Presente!

— Giordano Bruno?

— Presente!

— Bela?

— Aqui!

— Lorenzo Ribeiro?

— Presente!

— Luiza Kami Ribeiro!

— Presente!

— Letícia Ribeiro!

— Presente!

— Moisés?

— Presente, senhor!

— Platão? Platão? Quem é Platão?

— Eu, eu!

— Jürgen Habermas?

— Eu!

Bela, negra, olhos cor de amêndoas, cabelos encaracolados e longos, apontava o lápis como uma guerreira afiando a espada para mais uma batalha. Moisés, um rosto sublime, fala mansa, sua fisionomia me fez lembrar de Sidarta Gautama. Luiza Kami, a única sansei da turma, parece que sempre está em meditação. Platão pensativo, "no mundo da lua", como dizia minha vó...

Chamada concluída, plano de ensino apresentado, escrevi no quadro o primeiro assunto de Filosofia para crianças.

Sempre gostei de colocar o tema da aula acompanhado de uma interrogação. Na escola as exclamações atrapalham o processo de ensinar e aprender. Quem exclama fala muito no imperativo, se apresenta enquanto portador da verdade.

Já a interrogação quebra paradigmas, abre novas possibilidades e deixa a dúvida enquanto ponto de partida para novas ideias e teorias. É da dúvida que o humano gesta a sabedoria. Ao colocar o tema da aula no quadro, Bela perguntou:

— É pra responder?

— Você sabe a resposta, Bela?

— Não, mas vou pensar a melhor resposta... O senhor sabe a resposta?

— Não sei, mas vou pensar a melhor resposta... Eis o tema da aula: DONDE VIEMOS E PRA ONDE VAMOS?

Essa é uma dúvida existencial clássica, para a qual muitos apresentaram respostas, outros tentaram, outros enlouqueceram tentando respondê-la e outros ainda, como eu, estamos tentando...

Moisés levantou a mão.

— Diga, Moisés!

— Aprendi com o pastor Abraão que a resposta para essa pergunta já existe!

— Então nos ajude a responder, Moisés.

— Viemos de Deus e para Deus voltaremos!

Bela levantou as duas mãos...

— Diga, Bela!

— Então quem é Deus? Onde ele está? Falei com ele pra não deixar minha vó morrer, mas ela morreu... — Uma lágrima caiu...

QUEM É DEUS?

Agora entendi o nome da Escola. Ensinando Filosofia para crianças em Brusque entendi que o aluno era eu, os mestres estavam à minha frente. Ali estava a Filosofia pura, ali reencontrei os pré-socráticos, a Filosofia original.

Como sempre, às 11h30 o sinal tocou... Bela ainda lacrimava... Os alunos foram saindo, correndo como sempre, uns para pegar ônibus, outros a famosa "topique" (transporte particular de estudantes) e outros caminhando... Bela ficou sentada, sem nenhuma pressa...

— Vamos, Bela? Alguém vem te buscar?

— Não mais, professor... minha vó que me trazia e me buscava na escola...

— E seus pais?

— Meu pai nunca me apresentaram... minha mãe está trabalhando...

— Eu vou seguir a rua da escola até a rodovia, onde pegarei o ônibus que vai a Blumenau. Preciso ir para não perder o ônibus do meio-dia.

— Minha casa é a casinha cor-de-rosa, próxima da rodovia, professor!

— Então vamos caminhando... — Ambos de mochilas nas costas, um professor de cabelos grisalhos e uma criança cheia de vida e dúvidas...

— Bela, você é muito capaz, inteligente...

— Professor, ONDE ESTÁ DEUS? O senhor sabe?

— Bela, já sou quase idoso, passei por vários lugares na vida, fiz muitas leituras, falei com muitas pessoas que entendem muito sobre Deus... tenho procurado por Ele, já cheguei a duvidar da existência Dele. Fiz várias leituras e experiências religiosas e passei por dez caminhos que podem levar até Deus.

— Mostre-me esses caminhos!

— Como eu disse, já sou quase idoso e não sei se vou conseguir lembrar de todos os caminhos que podem levar até Deus... vamos caminhando e os caminhos que eu conseguir lembrar eu contarei...

— Bela, o primeiro caminho que conheci chama-se judaísmo. Para procurar Deus no judaísmo temos que enfatizar o processo de construção da identidade judaica a partir dos conflitos vivenciados na história dos hebreus, fortemente marcada pela vontade e luta por um território. Disso brotou o vínculo da religião dos hebreus com a política administrativa do território chamado de "Terra Prometida", que foi conquistado e ameaçado por povos mais preparados para a guerra.

O judaísmo está relacionado a Judá, Iudá, Iahweh ou IHWH. Judaísmo é a experiência religiosa dos hebreus ou povo de Israel. É comum a confusão entre os termos hebreu e judeu.

No contexto bíblico pré-exílio na Babilônia, hebreu é a nacionalidade do povo que fala o hebraico. Hebreu vem de Héber, aquele que se recusou a construir a "Torre de Babel" e/ou aquele que preservou o hebraico (narrativa disponível no Livro do Gênesis, 11, disponível na Bíblia Judaica e Bíblia Cristã), o idioma dos hebreus.

Héber é neto de Sem (Livro do Gênesis 10, disponível na Bíblia Judaica e Bíblia Cristã). Ainda, Abraão é chamado de "hebreu" (Livro do Gênesis 14, disponível na Bíblia Judaica e Bíblia Cristã). Hebreu é o povo, descendente de Abraão, que recebeu a "Terra Prometida".

Após o ano 538 a.C., com o fim do exílio na Babilônia, a expressão "judeu" passou a ser utilizada para designar os membros da tribo ou clã de Judá ou reino do sul, onde está o Estado de Israel. A palavra aparece nas mesmas bíblias nos livros de Segundo Reis 25 e Jeremias 34.

Atualmente, hebreu equivale ao israelita, nascido em Israel, e judeu é aquele que professa o judaísmo, independente se nasceu ou não em Israel.

Quanto às fontes do judaísmo, nota-se a dificuldade de afirmar qual é o momento exato da origem histórica da teologia judaica, a qual comporta documentos como narrativas, provérbios, sermões, poemas, mitos e outros. São autênticas fontes ou testemunhos da evolução da busca por Deus ao longo da história do povo hebreu.

Devido à grande diversidade de assuntos, levando em conta que a redação desses documentos se estendeu por um período de aproximadamente mil anos, é fácil concluir que não se pode fazer a leitura e interpretação de forma literal e/ou uniforme. Os antigos hebreus não escreviam como nossos historiadores modernos.

Os onze primeiros capítulos do Gênesis, por exemplo, não foram escritos como um curso sobre as origens da humanidade, com lições de astronomia, história natural e conhecimento biológico. São relatos numa linguagem simples e figurada, adaptada às inteligências de um povo em desenvolvimento, são verdades fundamentais necessárias ao conhecimento possível sobre Deus, bem como a descrição popular das origens do gênero humano.

Sabemos que um teólogo não escreve como um cientista. O teólogo é livre no uso da linguagem, faz uso de imagens, comparações, amplificações e relatos sem fontes, o que um historiador atual jamais utilizaria.

Ninguém ignora que as tradições populares, em geral, são imprecisas. Sua função primeira é embelezar os heróis e ofuscar os inimigos. Esse processo literário pode ser identificado nos mais antigos textos do judaísmo, que posteriormente foram utilizados pelo Cristianismo e Islamismo para a elaboração de uma teologia própria dessas tradições.

Ainda, é sabido como a mentalidade popular apreciava fixar em músicas e poemas a lembrança de seus heróis. É nítido como a parábola, o mito, a comparação, a anedota, a própria fábula ou lenda são sugestivas e apropriadas para ajudar na compreensão de verdades profundas e abstratas.

Os autores hebreus, em suas incansáveis buscas por Deus, não desdenharam de utilizar esses processos. Assim, eles procuraram inocular mais facilmente no espírito do leitor um ensinamento de caráter religioso.

Atualmente, devido às pesquisas admitese que, ao tentar escrever como teria sido a origem da humanidade, os judeus tenham feito uma descrição paralela, uma descrição mais ou menos igual àquilo que aconteceu com eles enquanto povo, fazendo a experiência de procurar por Deus. Exemplo disso é a imagem do oleiro (Livro do Gênesis 1, disponível na Bíblia Judaica e Bíblia Cristã): "Deus faz o humano a partir do barro". Essa afirmação reproduziu a atividade profissional dos antepassados do povo hebreu no Egito, os quais manipulavam o barro na fabricação de tijolos e utensílios de cerâmica.

Dessa forma, os textos sagrados do judaísmo foram sendo redigidos, proporcionando o discurso teológico judaico, os quais atingiram o auge com o provável Concílio de Jâmnia (entre 90 e 105 d.C.) ou Assembleia de Rabinos, ocorrida ao sul da atual Tel Aviv, quando ocorreu a fixação definitiva do texto denominado por Bíblia Judaica.

Esse evento em Jâmnia marca a conclusão do processo secular de redação e reunião dos vários livros considerados sagrados, já aceitos como palavra divina há muito tempo pelo judaísmo.

Esse longo processo de redação tem sido estudado por diferentes linhas teológicas, com resultados satisfatórios, reconhecendo quase unanimemente, por exemplo, no texto da Torah e/ou Pentatêuco a presença de quatro fontes ou documentos principais:

a. Fonte Javista (J);

b. Fonte Eloísta (E);

c. Fonte Deuteronomista (D);

d. Fonte Sacerdotal (P).

Assim, você já pode perceber que a construção do pensamento teológico judaico não foi linear, mas extremamente influenciada por diversos documentos e/ou fontes de momentos históricos diversos.

Vou apresentar dois momentos históricos de suma importância para o processo de edição da Teologia Judaica.

O primeiro foi a "saída do Egito" (Livro do Êxodo, disponível na Bíblia Judaica e Bíblia Cristã), fato que gerou a celebração da Páscoa Judaica. O segundo foi a destruição de Jerusalém e do seu Templo, em 586 a.C., pelos babilônios (Segundo Livro dos Reis 25, disponível na Bíblia Judaica e na Bíblia Cristã), um século e meio após a destruição da Samaria e do reino do norte (aniquilado em 722–720 a.C. pelos assírios).

Esses foram marcos históricos fundamentais para a compilação da Torah e/ou Livro da Lei, fonte fundamental para o discurso teológico do judaísmo.

A partir do caos de Jerusalém e de Israel, no processo de reconstrução deste foi desenvolvida uma teologia fortemente ligada à monarquia e ao templo. O rei é o ungido (em grego, o Cristo), o escolhido (em hebraico, o Messias). Sua vontade é interpretada enquanto vontade de Deus.

O ordenamento jurídico da monarquia hebraica é decretado e relatado enquanto norma divina. Aqui está o motivo da preservação histórica do judaísmo. É uma tradição religiosa fortemente vinculada ao poder do rei e seu exército. Assim, nas vitórias militares do rei, foi Deus que agiu a favor de Israel. Nas derrotas, Deus é reinterpretado, é aquele que pune e/ou tem novos propósitos ao seu povo.

Quanto ao processo de exílio para a Babilônia, a teologia tornou-se ainda mais fecunda. Da catástrofe política, econômica e religiosa, que parecia pôr fim ao próprio povo hebreu, o discurso teológico é remodelado, algo muito presente nas narrativas proféticas. Os profetas haviam de longa data pronunciado um determinado "juízo divino", o "dia das trevas" (Livro de Amós 5,18, disponível na Bíblia Judaica e na Bíblia Cristã), mas a realidade parecia mais desesperadora ainda: nem rei, nem templo, nem a própria terra. Disso resultou uma teologia da esperança, carregada de messianismo e visões de um novo tempo.

Com essas informações preliminares é possível fazer um estudo da Teologia Judaica, cientes de que podemos encontrar insegurança nas fontes, visto que as principais informações sobre as origens do judaísmo são narrativas sagradas, fortemente amparadas pela tradição oral, mitos, fatos e prodígios.

— Como Deus é encontrado no judaísmo? — perguntou Bela.

— Com a construção do templo, o povo hebreu criou o hábito de encontrar e adorar o seu Deus em Jerusalém. Com a destruição do templo e longe da terra prometida, os exilados reencontram Deus no Exílio. Redescobrem o conceito dinâmico da presença divina, como no tempo do nomadismo e do deserto, e interiorizam a ideia de Deus que se manifesta presente onde quer que se observem seus mandamentos (Livro do Profeta Jeremias, 7,2–15; 26,2–11, disponível na Bíblia Judaica e Bíblia Cristã). Por isso foram delimitadas normas jurídicas e religiosa.

No ambiente babilônico, uma cultura diferente — interpretada como pagã —, os judeus sentiram a necessidade, também por motivos nacionalistas, de reforçar a observância religiosa do sábado, cuja origem cultual se situa na antiga Mesopotâmia. Assim, tem-se a reunião litúrgica no 7º dia, durante a qual professavam a fé no Deus dos patriarcas e da Aliança realizada com Moisés no Sinai. Dessa forma, enfatizou-se uma teologia da esperança do retorno à terra dada por Deus (Livro do Gênesis 2,2–3, disponível na Bíblia Judaica e Bíblia Cristã). Assim, a sinagoga foi substituindo o templo.

Outra coisa, embora praticada historicamente, inclusive por outros povos como os egípcios, a partir do exílio na Babilônia, a circuncisão passou a ser o "sinal" nacional e religioso da Aliança (Livro do Gênesis 17,10–14, disponível na Bíblia Judaica e Bíblia Cristã), distinguindo os hebreus fiéis ao judaísmo e os demais que não o praticavam. A circuncisão é o corte do prepúcio e/ou sinal de aliança com Deus na carne (anel do prepúcio). Ela deve ser realizada no 8º dia após o nascimento. No Livro do Levítico 12, disponível na Bíblia Judaica e Bíblia Cristã, a circuncisão passou a ser lei. Todos os homens do clã de Abraão foram circuncidados.

Atualmente não há dúvidas de que, devido à sucessão de catástrofes históricas com o povo hebreu, foi gestado um novo judaísmo e/ou recuperação parcial da experiência religiosa durante e após o exílio na Babilônia, inclusa uma nova teologia judaica.

Numa releitura histórica do povo hebreu, de Moisés até o Exílio da Babilônia (século XII ao século VI a.C.), verifica-se o processo de revisão ou recuperação do judaísmo, que culminou com a denominada teologia deuteronomista, apresentada nos livros Deuteronômio, Josué, Juízes, Primeiro Samuel, Segundo Samuel, Primeiro Reis e Segundo Reis.

— Teologia deuteronomista? O que é isso? — perguntou Bela.

— Bela, os autores e/ou redatores da teologia deuteronomista partem do fato teológico de que Deus agiu de modo constante na história do povo hebreu, aplicando advertências com ameaças e castigos (Livro do Deuteronômio 28, disponível na Bíblia Judaica e Bíblia Cristã), o que culminou com a destruição de Jerusalém. Segundo Garcia Lopez (2006), pelo discurso teológico justifica-se a catástrofe, o exílio da Babilônia e a ação de Deus.

Tal discurso histórico teológico é apresentado especialmente nos discursos dos grandes personagens da história do povo hebreu: Moisés, Josué, Samuel e Salomão. Davi é apresentado como o "rei perfeito", idealização levada adiante pelos teólogos judeus. Ele é o referencial de todos os reis de Israel, tanto do passado como do futuro, alimentando a "Teologia do Messianismo", isto é, a esperança de um "novo Davi", cuja finalidade seria a recuperação política e religiosa do povo hebreu, visto que, em termos econômicos, não houve, na história do povo hebreu, nada mais salutar para o povo que o próprio exílio.

— Teologia da fonte sacerdotal? Sacerdotal é fonte? — perguntou Bela.

— Bela, segundo Garcia Lopez (2006), na redação final da Torah, o escrito-fonte Sacerdotal (P) ocorreu no exílio na Babilônia, propiciando uma releitura da história do povo hebreu.

Além de demasiada preocupação com o sábado, a fonte sacerdotal ressalta a circuncisão, o tabernáculo, a arca da aliança, o sacerdócio, os sacrifícios, a distinção e o cisma entre sagrado-profano, puro-impuro e pecado-expiação (Livro do Levítico 10, disponível na Bíblia Judaica e Bíblia Cristã).

Assim, o documento sacerdotal e/ou discurso teológico é apresentado como um projeto para o futuro, isto é, um programa cultural para a restauração pós-exílica do povo hebreu, concebido como comunidade religiosa e política, ou seja, verifica-se nele a esperança no término do cativeiro babilônico e no retorno à pátria perdida.

— Aprendi na catequese sobre os profetas, eles falam muito sobre Deus — disse Bela.

— No pré-exílio, Bela, a teologia dos profetas estava relacionada com a ameaça e durante o exílio será de consolação. A narrativa do profetasacerdote Ezequiel, deportado após a primeira tomada de Jerusalém (597 a.C.), após uma primeira fase de ameaças (Livro de Ezequiel 7, disponível na Bíblia Hebraica e Bíblia Cristã), procurou sustentar a esperança dos exilados com as promessas admiráveis de um novo tempo, com uma nova realidade política, econômica e religiosa.

Pouco antes do fim do exílio (538 a.C.), a teologia de Ezequiel expressa a voz inflamada de um personagem teológico intitulado de DêuteroIsaías (Livro de Isaías 40–55, disponível na Bíblia Hebraica e Bíblia Cristã), que percebeu nas vitórias de Ciro, rei da Pérsia, os sinais da próxima libertação e/ou redenção do povo hebreu. É um texto teológico que revela um personagem incansável, com intuito de reanimar e consolar o povo hebreu, anunciando um novo êxodo (Livro de Isaías 43,16–21, disponível na Bíblia Judaica e Bíblia Cristã) para o sonhado retorno à pátria perdida.

— E a teologia pós-exílica, professor?

— Bela, entusiasmados com os oráculos do DêuteroIsaías e, finalmente, com o próprio decreto de Ciro, o persa (538 a.C.), que possibilitou a volta dos hebreus para sua terra e a reconstrução do Templo (Livro de Jeremias 29,1–14, disponível na Bíblia Judaica e Bíblia Cristã), fica nítida a inovação teológica na comunidade que se formou em torno do Templo de Jerusalém, reconstruído e reinaugurado em 515 a.C.

Importante notar a dificuldade para preservar a unidade entre judeus, tal a divergência de opinião entre os conservadores, mais apegados ao culto antigo, e os tolerantes, abertos às novidades do contexto, após a experiência do exílio. Daí a razão de encontrar, nos escritos pós-exílicos, certa "bipolaridade teológica": particularismo versus universalismo judaico, devido à influência cultural estrangeira.

Perguntou Bela:

— Afinal, devemos encontrar Deus no Templo ou na Sinagoga, professor?

— Bela, o novo Templo de Jerusalém, reconstruído de 521 a 515 a.C., novamente como santuário central, não foi aceito por todos, principalmente pelos samaritanos, os quais reproduziram a experiência religiosa politeísta assimilada na Babilônia. Aos hebreus, o Culto e a Lei deram cada vez mais destaques ao "judeu fiel", especialmente pelos esforços do profeta Neemias, sendo protegido pelo sacerdote Esdras, em meados do século V a.C.

Nos textos atribuídos a Neemias, há um procedimento normativo oposto aos casamentos mistos (Livro de Esdras 10, disponível na Bíblia Judaica e Bíblia Cristã), observância do sábado e a exigência de taxas para o culto (Livro de Esdras 13, disponível na Bíblia Judaica e Bíblia Cristã). Fica visível na narrativa teológica pouco interesse pelos acontecimentos contemporâneos, preferindo retomar as antigas tradições e os antigos escritos, reescrevendo à luz da renovada insistência sobre o culto e a Lei.

Dessa forma foi elaborada a redação final da Torah e a compilação dos escritos dos antigos profetas. Além destes, há outros escritos proféticos dos séculos VI e II a.C. São escritos teológicos breves, às vezes repetindo os seus predecessores. Ressaltam o período da reconstrução do Templo, nas teologias do denominado TritoIsaías (Livro de Isaías 55–66, disponível na Bíblia Judaica e Bíblia Cristã), Ageu e Zacarias, Malaquias, Abdias e Joel, escritos teológicos dos séculos V e IV a.C.

— E a teologia sapiencial, o que é isso? — perguntou Bela.

— Bela, você gosta de perguntar! Olha, Bela, parcialmente, a teologia sapiencial era cultivada no período pré-exílio, mas floresceu no pós-exílio, do século VI até o ano 50 a.C., produzindo obras teológicas importantes como a redação final dos Provérbios, o Cântico dos Cânticos, o pessimista Eclesiastes, a Sabedoria, Sirácida ou Eclesiástico em meados do século II; traduzido para o grego, aproximadamente em 130 a.C.; o livro de Baruc, com o seu problema sapiencial e o livro da Sabedoria (aproximadamente, ano 50 a.C.), já redigido originalmente em grego.

Assim, a teologia judaica versou no começo sobre os mesmos temas encontrados na teologia sapiencial do pré-exílio. Aos poucos foi permitido penetrar no javismo e procurou descobrir as manifestações da denominada sabedoria de Deus na história do povo hebreu.

Quanto ao Eclesiastes (300 a.C.), nota-se o seu pessimismo e a sua insistência na vaidade das coisas humanas, no absurdo de tantas situações da vida, na insatisfação até mesmo com os bons momentos do povo. Preserva-se a fé do povo hebreu em Deus, com uma imagem mais conformista do que um Deus da esperança. Em Eclesiastes não se contempla a teologia da retribuição em outra vida, como fazem os livros de Daniel, Segundo Macabeus e o livro da Sabedoria.

Agora quero explicar algo que parece ser complicado, mas não é... muitos detestam quando explico isso. Existiu uma teologia, muito usada na preparação da Bíblia, chamada literatura Midrash.

— Midrash? — perguntou Bela.

— Bela, o vocábulo "midrash", do hebraico "darash", quer dizer "procura, investigação", e designa duas coisas diferentes. Primeiro como método exegético designa a própria interpretação rabínica da denominada Bíblia Judaica e enquanto gênero literário caracteriza-se pela amplificação dos textos e fatos anteriores.

As mencionadas fontes teológicas escritas a partir do século X a.C., isto é, da época davídico-salomônica em diante, foram demasiadamente influenciadas pela fase pré-literária, também objeto da Teologia, que busca aproximação de suas tradições, transmitidas oralmente no decorrer da história da comunidade religiosa.

No entanto, é possível, com profundidade, formular hipóteses fundamentadas nos estudos da etnologia e do folclore, constatando que a tradição oral tem uma dinâmica interna semelhante em diversos povos.

Os textos e ensinamentos do judaísmo eram transmitidos por narradores individuais (contadores de histórias, poetas, trovadores, sacerdotes), de certo modo envolvidos com a comunidade (família, clã, tribo). Aliás, essas tradições passavam de pai para filhos.

No centro das tradições do clã estavam pessoas, os heróis do passado, cujos feitos incorporam as experiências de toda a comunidade. O anúncio dos textos sagrados ocorria em datas marcantes, nas quais a tradição oral revestia o caráter de uma celebração festiva, "litúrgica", recordando o passado e, a partir do presente, impulsionava o futuro.

Finalmente, devido a vários fatores como a sedentarização do clã e divulgação da escrita, a tradição oral foi redigida e transformada em Teologia. Na história do midrash, foram utilizados dois métodos no processo de produção teológica: halacá e hagadah.

No primeiro, devido à necessidade de assegurar um correto entendimento dos textos sagrados, exigia-se completar os mandamentos com toda a precisão e proteção. Assim, quando não se dispunha de um texto que havia sido perdido em determinado momento da história, se recorria à analogia e/ou à interpretação de mestres reconhecidos pelo judaísmo, via costumes ou precedente admitido.

Já na hagadah, o procedimento interpretativo dos textos sagrados que estavam fora da norma oficial, principalmente o que estava relacionado à vida moral e edificação espiritual, era contextualizado. O teólogo, geralmente, parte de acontecimentos ou supostos acontecimentos antigos para fundamentar e/ou justificar determinada situação do tempo presente.

Assim, se a teologia judaica levou cerca de mil anos para ser escrita e fixada (do século X a.C. até a promulgação do Cânon de Jâmnia, entre 90 e 105 d.C.), quase outro tanto foi o tempo da formação e crescimento das tradições orais que ligam Abraão ao aparecimento dos primeiros escritosfontes da Torah e outros escritos, para posteriormente serem definidos enquanto dogmas do judaísmo.

Historicamente, as fontes revelam a cultura hebraica e a influência de outras culturas no processo de procurar por Deus. Entre elas está Alexandria, no Egito, que promoveu o encontro da cultura hebraica com a cultura grega.

Durante o século III a.C., os hebreus se dedicaram às atividades econômicas, incluindo o comércio, e fizeram uso do grego como língua diária, inclusive nas sinagogas. Como consequência, surgiu a necessidade de traduzir a Torah para o grego possibilitando novos procedimentos hermenêuticos.

Segundo Iussim (1996), Ptolomeu II, fundador da Biblioteca de Alexandria, teria encomendado a tradução da Torah ao sumo sacerdote de Jerusalém, o qual enviou 72 escribas para o trabalho. Disso resultou o texto conhecido por "Septuaginta e/ou tradução dos Setenta", texto fundamental para o judaísmo de Alexandria e ao cristianismo no primeiro século.

— Agora quero falar das escolas judaicas.

— Escolas iguais à nossa, professor?

— Não, muito diferentes! Escolas judaicas, Bela, eram grupos de pessoas que deixaram Israel e passaram a viver em comunidades distantes da pátria, algumas delas viviam em grutas e/ou cavernas e lá desenvolveram literaturas iguais ao seu nome.

Para entender isso, lembre-se, o grande livro sagrado para o judaísmo é a Torah. A partir desta e devido às constantes surpresas históricas vivenciadas pelo povo hebreu, como invasões estrangeiras, conflitos internos e crises econômicas, o afastamento da pátria no primeiro século foi necessário, o que é definido por diáspora judaica. Distante de Israel, a terra prometida por Deus, surgiu a necessidade de repensar o judaísmo para não ser extinto. Disso resultou a origem das denominadas escolas teológicas judaicas.

A primeira foi a Escola de Hillel, um sábio que viveu no período herodiano na primeira metade do século I. De origem babilônica, não foi seduzido pela teologia de caráter messiânico. Possibilitou as condições para o controle racional da Torah. Na Escola de Hillel foi estabelecido um princípio: a interpretação e a aplicação da Torah em seu sentido literal puro. Porém, em certas ocasiões, pode ser contrária ao verdadeiro espírito da Lei, porque as circunstâncias históricas são alteradas.

Segundo Barrera (1999), a Escola de Hillel desenvolveu forte apologia a direitos, principalmente a liberdade às mulheres na vida em sociedade. Ainda, esta não se importava em alterar a Lei, contanto que salvasse o sentido e o fim primordial da própria Torah.

A segunda foi a Escola de Shammai. Esta acusou Hillel de modernismo devido à criação de novas normas derivadas da Torah. Foi uma escola conservadora das tradições judaicas. Essas atitudes revelam a preocupação em salvar os princípios fundamentais da Torah e do judaísmo. Era mais renitente à admissão de estrangeiros e à liberdade feminina.

A terceira foi a Escola de Zakkai, também conhecida por Jâmnia ou Jabné. Zakkai foi discípulo de Hillel e, após a catástrofe ocorrida no ano 70 d.C. em Jerusalém, fundou a comunidade de Jâmnia, sudoeste da Palestina, ocorrida ao sul da atual Tel Aviv, com a finalidade de reorganizar o judaísmo e restaurar as instituições políticas do povo hebreu.

Em Jâmnia foi desenvolvido um sistema normativo e um procedimento de interpretação da Torah, cujo objetivo era fazer com que as normas estabelecidas pela Escola de Hillel pudessem ter força legal e fossem aplicáveis no contexto da diáspora, na qual o povo hebreu foi obrigado a viver.

Em Jâmnia, entre 90 e 105 d.C., a Bíblia Judaica foi definida, sendo acolhidos enquanto sagrados somente os textos que haviam sido escritos em hebraico.

Ainda, foi definida a profissão de fé do judaísmo, a qual excluiu Jesus de Nazaré enquanto Messias, o que obrigou judeus inseridos na comunidade judaica de Jâmnia, adeptos da profissão de fé em Jesus enquanto Messias e Cristo, a se retirarem, resultando daí a fundação de novas comunidades (Livro de Atos dos Apóstolos 11,19, disponível na Bíblia Cristã), das quais os seus membros passariam a ser "chamados de cristãos" (Livro de Atos dos Apóstolos 11,26, disponível na Bíblia Cristã).

— Mas Jesus não é o Messias, então ele não é Deus? — perguntou Bela.

— Bela, Bela, que bela pergunta difícil! Bela, quando expressamos que alguém é Deus, estamos fazendo uma profissão de fé. Na comunidade de Jâmnia havia dois grupos de pessoas: um grupo que professava a fé em Deus, excluindo Jesus como Messias, e outro grupo que professava a fé em Deus incluindo Jesus. Entendeu?

— Complicado isso, professor!

— Não se preocupe, tem mais duas escolas...

— A quarta escola foi a Escola de Ismael. Foi uma escola que surgiu no século II e partia do princípio segundo o qual toda doutrina ou lei vem expressa em linguagem humana e sua interpretação, portanto, há de ser regida pela razão. Foi uma escola dotada de rigor crítico, filológico e histórico (Barrera, 1999, p. 567). E a quinta escola foi a Escola do Rabino Aquiba. É contemporânea da denominada revolta de Bar-Kochba (130/131 d.C.).

— Professor, esse tal de Bar-Kochba era revoltado?

— Não, Bela, ele liderou uma revolta em Jerusalém, expulsando um grupo de soldados romanos que atuavam naquela região. Por isso, um rabino, chamado Aquiba, aclamou Bar-Kochba enquanto "Messias". Aquiba dava primazia à derivação das leis a partir dos textos sagrados. Assim, toda tradição oral poderia ser legitimada pela própria Torah. Segundo Barrera (1999), Aquiba sempre esteve próximo dos movimentos apocalípticos, messiânicos e políticos. Foi ele que deu interpretação messiânica para Bar-Kochba. A obra de Aquiba foi continuada por outros grandes mestres, tendo grande influência na história posterior do judaísmo.

— E Jesus como ficou?

— Para aquele grupo que foi expulso da comunidade de Jâmnia, que professava a fé em Jesus como "Messias", Jesus é o Cristo, Filho de Deus, o Messias prometido nas Sagradas Escrituras, mas para o rabino Aquiba e seguidores o Messias prometido era Bar-Kochba.

— Então ficaram dois "deuses"?

— Não, um Deus com dois nomes! Em cada contexto, em cada cultura, Deus recebeu um ou mais nomes.

No caminho estávamos passando por um terreno baldio e na cerca entre a calçada e o terreno havia um rebanho de doze vacas e um touro, plantas diversas, ervas daninhas, alguns cravos, um pé de rosa sem rosa e um pé de margarida com duas flores apenas, uma já quase secando e outra em formação. Bela colheu a flor quase seca e foi tirando as pétalas, dizendo:

— Jesus é Deus ou humano, Jesus é Deus ou humano, Jesus é Deus ou humano...

Faltando duas pétalas, Bela levantou a flor e disse:

— Deus poderia ser assim... uma Trindade.

— Você deve ter lido os escritos de Irineu de Lião... esse teólogo afirmou que Jesus e o Espírito Santo são os dois braços do Pai.

— Professor, depois disso tudo, afinal, o que é texto sagrado e quem é Deus no judaísmo?

— O texto sagrado fundamental é a Torah e/ou os cinco primeiros livros que estão na Bíblia Cristã. Entre os séculos II e VII, teólogos judaicos destinaram 613 mandamentos que compõem a vida e os costumes do judaísmo.

Na Sinagoga, a leitura das Escrituras deu origem a outra designação hebraica: Miqra (aquela que é lida). Após a destruição do templo de Jerusalém no ano 70 d.C., a Escola de Zakkai percebeu que a chave para a sobrevivência do judaísmo estava na transmissão da erudição judaica e na transferência dos símbolos da religião do templo para outros aspectos da vida judaica.

Foi desenvolvido um sistema normativo, dividido em seis ordens e subdividido em 63 tratados, contendo leis e costumes judaicos. Estes sofreram adaptações devido às novas circunstâncias, compilação realizada pelo rabino Judá, o Príncipe, resultando no texto denominado de Mishna (aquilo que é ensinado).

A seguir, as reflexões e/ou interpretações da Mishna propiciaram a origem do Talmud de Jerusalém (400 d.C.) e do Talmud da Babilônia (500 d.C.). Ambos fazem uso dos mesmos textos da Mishna, mas diferem na interpretação.

Posteriormente, passou a ser usada a expressão Talmud para designar ambos os textos com status de Texto Sagrado na mesma estatura da Bíblia Judaica. Além destes, há outros dois livros importantes para o judaísmo, o Siddur e o Hagadah. Quanto ao Siddur é o livro de orações para preces diárias, o shabat ou dia santificado. E o Hagadah é o livro da recontagem do Êxodo, que ocorre na refeição familiar, no cerimonial do Seder (Páscoa), durante o qual o grande ato divino da libertação dos hebreus no Egito é recitado e revivido de geração em geração.

— Então, a Bíblia Judaica está cheia de coisas da Bíblia Cristã?

— Não, é a Bíblia Cristã que tem muito da Bíblia Judaica.

— E quem é Deus no judaísmo?

— Minha cara Bela, o povo hebreu em sua incansável busca definiu Deus com um nome inefável, atribuindo as letras YHWH.

O nome de Deus é tão sagrado que não pode ser pronunciado. Por isso, durante a história do judaísmo a teologia buscou expressões substitutas para evitar a palavra YHWH. O mais comum é Adonai, "O Senhor".

No judaísmo Deus não tem forma ou cheiro, é o invisível e está além da racionalidade humana. O judaísmo preocupou-se em enfatizar isso evitando representações artísticas que poderiam ser confundidas por tentativas de retratar Deus. Por isso, quando o judeu dialoga com o Deus, expressa: "Ouve, Israel, Adonai é nosso Deus, Adonai é Um".

Outra coisa importante, Bela, o judaísmo não é único, há um pluralismo judaico, com destaques para outras ramificações:

1. Judaísmo Ortodoxo: são de origem israelita. Acreditam que Deus entende e fala apenas o hebraico. Preservam na íntegra o texto da Torah. São mais fundamentalistas e cultivam hábitos alimentares de acordo com a Torah. O descanso aos sábados é sagrado. Diferem nas atribuições de funções entre homens e mulheres.

2. Judaísmo Reformista: surgiu na Alemanha no século XIX. Não preservam o hebraico como idioma único nas liturgias, procuram contextualizar a Torah de acordo com as mudanças na vida em sociedade. Dispensam dietas alimentares da Torah, e o descanso aos sábados não é absoluto.

3. Judaísmo Reconstrucionista: surgiu nos Estados Unidos da América no século XX. A autonomia da comunidade sinagogal se sobrepõe à lei e aos costumes. Fazem apologia da participação de homens e mulheres na vida e na liturgia.

4. Judaísmo Humanista: surgiu em 1963 nos Estados Unidos da América. Reúne intelectuais teístas e não teístas para celebrar

a identidade judaica no mundo, independentemente de hábitos e dogmas da ortodoxia judaica.

5. Judaísmo Karaíta: a palavra "karaíta" significa "Seguidor das Escrituras". Surgiu no século VIII na região da Mesopotâmia. Rejeitam o judaísmo rabínico, o Talmud, a Mishna e outros preceitos da tradição judaica rabínica.

6. Judaísmo Chassídico ou Hassídico: a palavra "chassídico" significa "piedoso". Surgiu na Europa Oriental no século XVIII. São organizados em grupos denominados de "dinastias chassídicas", governadas por um rabino que herdou a função de um antepassado.

7. Judaísmo Messiânico: surgiu na Inglaterra no século XIX e recepcionam Jesus enquanto "Messias" enviado por Deus. Apesar dessa crença, se declaram judeus.

Quanto à liderança, concentra-se na pessoa de um Rabino, o mestre. Quanto à simbologia, destacam-se a Menorá, um candelabro de sete braços, podendo ser a árvore da vida e/ou representação do cosmo; a Estrela de Davi, o escudo de proteção contra o mal; o Mezuzah, um mandamento da Torah. E quanto às principais celebrações:

1. ROSH HASHANAH, o ano-novo judaico.

2. YOM KIPPUR, o dia do perdão e reconciliação. Ocorre no 10º dia do calendário judaico. É dia de jejum e abstinência.

3. SUCOT: é a festa dos tabernáculos ou cabanas.

4. PESSACH: é a festa da Páscoa judaica, na qual se celebra a saída do povo hebreu do Egito, é a passagem da escravidão para a liberdade e retorno à terra prometida por Deus. Tem início no 14º dia de Nissan (1º mês do calendário judaico).

— Professor, eu moro aqui... Olha o ônibus, professor!

— Preciso correr... Tchau, Bela, até amanhã!

— Tchau, professor! Que o Senhor Adonai acompanhe o senhor!

— E que Ele te proteja, Bela!

CAMINHO 2

PROCURANDO DEUS NO CRISTIANISMO

Vida de professor no Brasil é uma grande aventura, fica quem ama ou fica quem não sabe fazer outra coisa, talvez seja este um dos problemas e aquele a solução da educação no Brasil.

Atualmente, a cada ônibus que pego tenho percebido que meu estresse com o trânsito já não é mais o mesmo. Às vezes desço bem antes do ponto para caminhar, pensar, contemplar e aprender que o mundo não gira ao meu redor, sou mais um perdido nesta nave espacial chamada Terra. Tenho poucas certezas. Minhas dúvidas renovam minhas energias e estimulam a ler e aprender mais com a filosofia.

Ontem, ao anoitecer pensei muito na aluna Bela, uma criança cheia de talento... que inteligência e quanta habilidade para filosofar.

Hoje é terça-feira, mais um dia de trabalho. Moro em Blumenau, Santa Catarina e trabalho em Brusque. São quarenta quilômetros de distância. De carro seria rápido, mas devido às minhas limitações visuais, não me restam alternativas, a não ser o ônibus... o primeiro sai às 5h10 de Blumenau, chego na divisa entre os municípios de Gaspar e Brusque e pego outro ônibus que segue a Rodovia Ivo da Silveira e desço na entrada do bairro Bateas, onde fica a Escola Municipal "Cabeças Pensantes".

Para fazer a caminhada diária, desci cinco quilômetros antes... Ao passar defronte à casa de Bela, já eram 6h47... Uma pequena jovem, com sua beleza, olhos iguais aos de Bela, cabelos encaracolados, entre 30 e 35 anos, estava saindo da pequena casa cor-de-rosa, feita em madeira, que tem um pequeno jardim de rosas e um perfume que se espalhava ao olfato dos caminhantes. Quanta limpeza e beleza em um espaço tão pequeno. Não me contive!

— Bom dia, senhorita!

Ela meio assustada respondeu à saudação, com um olhar desconfiado perante o estranho que passava...

— Sou o professor Sócrates, leciono na Escola "Cabeças Pensantes".

— Ah, o senhor dá aulas pra Bela?

— Não! Leciono à Bela... professor não doa aulas, professor leciona, é uma espécie de sofista moderno.

— Bela disse que conheceu um professor que cativou os alunos.

Naquele momento vieram-me à mente as lições de *O Pequeno Príncipe* de Antoine de Sant-Exupéry: "tu te tornas eternamente responsável por aquilo que cativas...".

— Obrigada por ensinar e cuidar de Bela, professor!

Em um mundo tão complicado, deturpado, fiquei surpreso pela recepção e simpatia da mãe de Bela... Sempre acreditei que a vida era um deserto, no qual a solidão é o que resta ao humano. Em um planeta com sete bilhões de humanos, cada um vive no seu próprio mundo, cultiva o próprio jardim, curte a solidão... o outro é sempre um inimigo ou alguém com interesses. Conheci muitos que se aproximaram nos momentos de festas. Sem estas, desapareceram, lembram do aniversário do outro porque o Facebook avisou; caso contrário, tanto faz. São raros os amigos que gravam no coração.

Fiquei sem palavras com o "obrigada" e a "confiança" da mãe de Bela. Se eu tivesse sido educado por budistas, a reencarnação seria minha opção e entenderia que aquelas pessoas tão puras seriam a reencarnação de alguém de minha vida do passado.

— Bela já está pronta para ir à Escola, ela pode ir com o senhor?

— Agradeço pela confiança, no que estiver ao meu alcance, conte comigo! Qual é o nome da senhora?

— Meu nome é Betelza!

Pensei naquela brincadeira de Selton Melo... "Isto é nome que se apresente?" Apenas pensei...

— BET-EL-ZA... Betelza... já li essa palavra em algum lugar... — Fui pro Google... BET EL ZA é uma expressão em hebraico cuja tradução pode ser "O LUGAR ONDE DEUS BRILHA" ou simplesmente "BELEZA".

Enquanto o Google corrigia minha memória, saiu Bela, com sorriso nos lábios, cabelos arrumados, a camisa branca do uniforme, impecável... A que horas será que a mãe de Bela levantou para deixar tudo preparado para mais um dia de aula de sua filha?

Após o beijo de Betelza em Bela, pensei na responsabilidade que estava assumindo... disse até breve, bom trabalho e seguimos nossa caminhada de três quilômetros até a Escola...

— Professor, o senhor pode anotar meu WhatsApp?

Nem bem começamos a caminhar e lá veio a pergunta...

— Professor, e o segundo caminho que pode nos levar até Deus?

— Pensei que tinha esquecido! Espera aí... sua mãe trabalha em quê?

— Ela é professora na pré-escola.

— Então somos colegas de profissão! Bem, Bela, voltando ao nosso assunto... No caminho anterior que pode levar até Deus, você percebeu que entre os hebreus ocorreu a profissão de fé no Messias por três vezes?

— Sim, professor! Mas o senhor bem que poderia repetir, gostei dessa parte da história. Nunca ouvi isso na escola.

A primeira profissão de fé foi na pessoa de Ciro, o persa (Livro de Isaías 43,16–21, disponível na Bíblia Judaica e Bíblia Cristã), devido ao decreto de deportação dos hebreus da Babilônia para a denominada "Terra Prometida", a terra de Israel (585 a.C.).

A segunda profissão de fé no Messias ocorreu na chamada revolta de Bar-Kochba (130/131 d.C.), durante o governo do imperador Adriano (117–138 d.C.). Segundo Metzger (1984), Cassius Dio narra que houve uma última revolta dos judeus contra tropas do império romano em 130/131 na Palestina.

Segundo o cronista, o imperador de Roma, Adriano, empreendeu uma viagem para o Oriente, incluindo também a Palestina no roteiro, com a finalidade de reconstruir o Templo de Jerusalém e instaurar um santuário a Júpiter. O fato propiciou a resistência de hebreus, resultando na revolta de Bar-Kochba contra os romanos.

Bar-Kochba saiu vencedor no início e depois foi logo derrotado, mas sua capacidade de liderança resultou na afirmação de Bar-Kochba como o "Messias" prometido pelas escrituras.

Para o rabino Aquiba, na pessoa do líder revolucionário se cumpria a promissão messiânica, que se entrevia no Livro dos Números 24,17 (disponível na Bíblia Judaica e Bíblia Cristã).

Os rebeldes, liderados por Bar-Kochba, conseguiram conquistar Jerusalém. A partir desse fato, muitos hebreus acreditaram que uma nova era irrompia, o Messias havia chegado.

Os romanos, no entanto, entraram em cena quando Adriano encarregou o marechal Julio Severo de acabar com a rebelião. No decorrer desta, toda a Judeia foi devastada. Os rebeldes e demais, como herodianos, fariseus, saduceus, essênios (judeus ortodoxos) e hebreus, dos quais muitos eram seguidores da doutrina de Jesus de Nazaré, passaram a viver enquanto refugiados fora de Jerusalém ou foram vendidos como escravos.

Dessa perseguição resultou a origem de comunidades mistas, contendo seguidores do judaísmo ortodoxo e de judeus que aderiram ao seguimento de Jesus de Nazaré, aclamado como o Cristo, o Messias anunciado pelas escrituras. Era a terceira profissão de fé no Messias.

Era um novo exílio para o judaísmo e ao mesmo tempo a gestação do cristianismo. Esses judeus-cristãos, em busca de dias melhores num futuro próximo, mantiveram-se ligados às sinagogas e, a exemplo de Paulo, o apóstolo, a princípio sofreram punições, sendo finalmente expulsos para edificar as comunidades cristãs, devido à profissão de fé do judaísmo definida no Concílio de Jâmnia, ocorrida após a queda de Jerusalém (70 d.C.) e antes da revolta de Bar-Kochba (130/131 d.C.).

Dessas experiências comunitárias resultou a teologia paulina e/ou as "Cartas Paulinas" do Novo Testamento da Bíblia Cristã, fortalecendo o tema da profissão de fé no Messias com mais evidência. Na pessoa de Jesus de Nazaré, no primeiro século, o Deus dos hebreus confirma a promessa, envia o Messias, o Cristo, aquele que foi morto, crucificado, sepultado e ressuscitado dentre os mortos.

Sem contestação, o tema da profissão de fé no Messias ocupa um primeiro plano na consciência cristã dos três primeiros séculos. Os cristãos são os que conhecem a Deus, face a face, na pessoa de Jesus de Nazaré. O incognoscível saiu de seu mistério e manifestou-se ao humano: primeiro ao povo judeu, pela Lei e pelos profetas, depois à humanidade pelo Cristo, e veio pessoalmente revelar os mistérios de Deus. Daí os teólogos cristãos enfatizarem o tema da revelação. Esse grande interesse pelo tema da revelação se deu devido às primeiras gerações cristãs estarem ainda sob o impacto da grande manifestação de Deus na pessoa de Jesus, o Cristo.

As consideradas testemunhas e/ou apóstolos viviam e proclamavam o anúncio da salvação: "O Reino de Deus está próximo". A preocupação de atingir os considerados pagãos — povos de demais culturas vizinhas — leva os teólogos cristãos, a exemplo do apóstolo Paulo, a procurar pontos de aproximação entre o cristianismo e o pensamento grego.

Por isso, os apologetas tomaram o conceito de Logos, comum a todas as religiões do império romano e aos sistemas filosóficos do século III, para fazer a teologia do Logos.

Ainda, teólogos cristãos, apontados como hereges na história, refletiram sobre a revelação do Messias na pessoa de Jesus de Nazaré. Os gnósticos, por exemplo, em certo sentido, elevaram ao máximo o conceito de revelação, mas o deformaram ao mesmo tempo. Defenderam que a salvação se reduz à gnose, em vez de ser também um conhecimento.

Outros teólogos cristãos mostram que o cristianismo trazia a verdadeira gnose, evidenciando vida e conhecimento. Entre os gnósticos, o Cristo revela um Deus totalmente novo, desconhecido do mundo judeu, estabelecendo uma diferença radical entre o Deus da Teologia Judaica e o Deus da Teologia Cristã.

Entretanto, os primeiros teólogos cristãos mais vinculados às autoridades eclesiásticas têm a oportunidade de salientar a harmonia e o progresso da revelação, obra de um só e único Deus por seu Logos, o Cristo anunciado em e por Jesus de Nazaré.

No contexto, um dos maiores problemas na teologia cristã é evidenciado, isto é, o da relação entre Teologia Judaica e Teologia Cristã e/ou os textos denominados de Antigo e Novo Testamento.

Nessas disputas teológicas, os judeus preservaram a primazia da revelação profética, enquanto grupos cristãos como os marcionitas, seguidores de um líder religioso chamado de Marcião de Sinope (85–150 d.C.), estabeleceram oposição entre Teologia Cristã e Teologia Judaica.

Para Marcião, o Deus revelado na pessoa do Cristo não se identifica e não tem qualquer relação com o Deus definido pelo judaísmo. Os teólogos cristãos tiveram que examinar a relação entre a teologia judaica e a teologia cristã.

Primeiro salientaram a unidade profunda de ambas e confirmaram que há um só Deus autor da revelação por seu Verbo ou Logos ou Cristo, sendo a criação, as teofanias, a Torah, os profetas, a encarnação etapas dessa única e contínua manifestação de Deus na existência.

Na Carta de Clemente Romano, considerado o quarto bispo de Roma e/ou papa, entre 88–97, escrita aos Coríntios, a teologia judaica e/ou Antigo Testamento é o fator dominante. O autor não só fundamenta suas admoestações morais com frases do Antigo Testamento, mas busca motivações teológicas.

Trevijano (1996) chama a atenção, por exemplo, quando Clemente Romano trata da ressurreição. Ele faz com maestria sem remeter aos escritos cristãos disponíveis na teologia paulina, mas sim ao Antigo Testamento, à Teologia Judaica. Clemente vê o cristianismo enquanto continuidade do judaísmo, o que é afirmado por outros teólogos cristãos como Justino e Irineu de Lião.

Todavia, no processo de busca e definição de Deus, a teologia cristã apresenta um debate ainda mais complexo, a questão da Santíssima Trindade. Três deuses em três pessoas ou um Deus em três pessoas?

— Três pessoas e três deuses? — disse Bela. — Como um dragão de três cabeças? Como fica isso?

— Bela, nosso assunto é em torno de Deus, e não de dragão. Nosso assunto aqui é sobre Deus. Você guardou a margarida de duas pétalas?

— Acho que deixei cair...

— Lembra da Margarida? A Margarida é Trindade... Deus é Trindade, o Pai Criador, o Filho Salvador e o Espírito Santificador. Jesus e o Espírito Santo são os dois braços do Pai. Deus recebeu com os cristãos um novo nome, Deus é Trindade! Mas para chegar nessa definição foram muitos debates.

Um dos primeiros debates ou controvérsias na teologia cristã envolvendo a questão de Deus-Trindade foi em torno da doutrina de Ário, bispo de Alexandria no Egito, entre 250–336. Para ele não há uma igualdade essencial entre a pessoa de Jesus e Deus que os torne iguais, definindo Jesus apenas como um homem qualquer. O Concílio de Niceia, em 325, condenou Ário por heresia.

Em Roma, no século III, o bispo Sabélio divulgava que na Santíssima Trindade, Deus dos cristãos, não há três pessoas e um só Deus, mas modos de Deus atuar na história, dando origem ao sabelianismo ou monarquismo ou patripassionismo. Segundo essa teologia, Deus atuou como Pai ao criar o mundo, atuou como Jesus que morreu na cruz e atua na história como Espírito.

O principal oponente de Sabélio foi Tertuliano, que chamou a doutrina de Sabélio de patripassionismo, isto é, Deus Pai, na afirmação de Sabélio, havia sofrido na cruz. Assim, este foi acusado de herege.

Em Constantinopla, no século V, o patriarca Nestório afirmou que em Jesus há duas pessoas, uma humana e outra divina, e reprovava o dogma da Theotokos, que afirmava ser Maria, Mãe de Jesus, a Mãe de Deus. Dessa forma, Nestório discordava da ortodoxia cristã que afirmava: em Jesus, o Cristo, há uma pessoa e duas naturezas, a humana e a divina e que Maria é a Mãe de Deus. Em 431, o Concílio de Éfeso condenou Nestório por heresia.

Aproximadamente no ano 400 chegou a Roma um monge de origem britânica, chamado Pelágio, trazendo um texto que fazia comentários às Cartas Paulinas. Na teologia pelagiana, a vontade humana é fundamental e decisiva na experiência da salvação, contrariando a Teologia da Graça de Agostino de Hipona.

Para Agostinho, o humano é escravo do pecado e necessita da intervenção da graça de Deus para ser salvo. Para Pelágio, o humano é livre para ser salvo ou para desistir da salvação, é o humano que decide pelo seu futuro. Os Concílios de Cartago (418), de Éfeso (431) e de Orange II (529) recepcionaram a teologia agostiniana e condenaram Pelágio por heresia.

Sobre as controvérsias teológicas não pode ser deixada de lado a questão envolvendo o Espírito Santo e/ou a doutrina do "Filioque", isto é, o Espírito Santo procede do Pai ou procede do Pai e do Filho ou procede do Pai pelo Filho?

Foi um debate entre teólogos latinos e gregos. Os latinos defendiam a tese de que o Espírito Santo procede do Pai e do Filho, enquanto os gregos afirmavam que o Espírito Santo procede do Pai pelo Filho. Em 381, o cristianismo católico ocidental havia afirmado que o Espírito Santo procede do Pai, porém a teologia latina acrescentou a expressão "Filioque" (do Filho), ou seja, o Espírito Santo procede do Pai e do Filho, enquanto o catolicismo ortodoxo no Oriente ficou com a forma: o Espírito Santo procede do Pai pelo Filho. A questão foi resolvida, selando o cisma entre cristianismo ocidental e oriental em 1054.

Dessa forma, aos poucos ocorreu o desenvolvimento da Teologia Cristã, mas fortemente protegida pelos interesses do Império Romano no Ocidente e no Oriente. Se o judaísmo foi sustentado pela monarquia israelita e a força da espada, o cristianismo recebeu as bênçãos imperiais romanas. Não foi por disputas teológicas, mas pela força do poder do decreto de Tessalônica, de 380, que o imperador Teodósio fez do cristianismo a religião oficial do império romano.

— Professor, não entendi esse tal de "Concílio" e "herege". O Concílio condenava, mandava pra prisão? Era um tribunal?

— Não, Bela, Concílio é uma reunião de bispos da igreja católica romana, que se consideram sucessores dos doze apóstolos de Jesus. Nessa reunião eles decidem o que é verdade e o que não é para a igreja católica romana. E quem não aceita o que os bispos decidem são chamados de "hereges". Sendo herege, a pessoa não participa da igreja.

— Acho que sou meio herege, professor! Porque eu não concordo com muita coisa na igreja católica. Na cidade onde eu morava, um padre foi preso porque era pedófilo, abusou sexualmente dos coroinhas da igreja. Saiu até na televisão!

— Bela, não estamos em concílio, não somos sucessores dos apóstolos, vamos continuar nosso assunto sobre Deus com o nome de Trindade...

Segundo Boff (1989), perante o mistério que envolve a Santíssima Trindade, o uso da linguagem é apenas meio de aproximação. As expressões "causa", com referência ao Pai, "geração", com relação ao Filho, e "expiração", concernindo ao Espírito Santo, ou ainda "processões", "missões", "natureza", "pessoas", "substância" e "comunidade" são analogias e não visam ser explicações causais num sentido histórico e filosófico.

Pela linguagem é realizada a tentativa de apresentar a diversidade e a comunhão existente em Deus Pai-Filho-Espírito. Assim, faz-se necessário seguir as orientações de Clodovis Boff (1988), ou seja, fazer a experiência do *auditus fidei* para iniciar o processo de *intellectus fidei*. Na história, a tradição cristã consagrou três produções teológicas clássicas envolvendo a Santíssima Trindade: a teologia grega, latina e moderna.

A teologia trinitária grega parte do Pai, tido como fonte e princípio de toda divindade. Do Pai há duas saídas: o Filho pela geração e o Espírito pela processão. O Pai comunica toda sua substância (Hipóstase, substância que não faz parte de um todo; é a substância individual, completa, existente em si e por si em eterna comunhão) ao Filho e ao Espírito Santo, por isso são consubstanciais ao Pai e igualmente Deus. O Pai constitui também a Pessoa do Filho e do Espírito Santo num processo eterno. Segundo Boff (1989), essa teologia tem forte vínculo com a heresia do subordinacionismo, a heresia de Ário, século III, segundo o qual o Filho e o Espírito Santo estariam subordinados ao Pai.

A teologia clássica grega em torno da questão da Trindade teve três grandes representantes: Irineu de Lião, Orígines e Tertuliano.

Irineu de Lião foi um grande teólogo do século II, possivelmente caiba a ele a honra de ter sido o primeiro a formular sistematicamente a fé cristã. Irineu considera o Filho gerado e não criado, deixando de explicar o Mistério existente em Deus, porque o Mistério pode ser contemplado e jamais explicado. Sua tese de recapitulação de todas as coisas em Cristo constitui o eixo de sua teologia, ou seja, Cristo se fez humano para divinizar a humanidade, restaurando o humano, "imagem e semelhança do Criador".

Orígenes (185–253) é o sábio mais fecundo do cristianismo antigo. Quanto às relações das Três Pessoas em Deus, chegou a aderir ao subordinacionismo. Embora defenda a divindade do Filho, Orígenes acentua também sua inferioridade. Foi o primeiro a utilizar o termo "homousios" (consubstancial), termo que ficou famoso nas controvérsias teológicas envolvendo a Santíssima Trindade. Disso resultou a expressão dogmática "nicena-constantinopolitana" (Concílio de Niceia, em 325, e de Constantinopla, em 381), definindo o dogma homousiano, afirmando a igualdade de natureza entre o Pai e o Filho.

Tertuliano (160–220) foi o primeiro a expressar os termos "Trindade e Pessoa" na teologia cristã. Para ele, o Pai possui a plenitude da divindade (toda substância); o Filho apenas uma parte. Assim, o Filho procede do Pai como o raio se irradia do Sol. Foi ele quem abriu caminho para a expressão dogmática cristológica da união hipostática das naturezas humana e divina em Jesus, o Cristo. Para o autor, os milagres de Jesus revelam sua divindade; os sentimentos e a paixão, sua humanidade.

Quanto à teologia latina envolvendo a Santíssima Trindade, parte da natureza divina (substância única, é a graça e união em Deus), igual nas três pessoas. Essa natureza divina é espiritual; por isso possui um dinamismo interno. O espírito absoluto é o Pai, a inteligência é o Filho e a vontade, o Espírito Santo.

Assim, os Três se apropriam de modo distinto da mesma natureza. O Pai sem princípio, o Filho por geração do Pai e o Espírito Santo espirado pelo Pai e pelo Filho. Logo, os três estão na mesma natureza, são consubstanciais e por isso há um só Deus.

O Concílio Ecumênico Lateranense IV em 1215 expressou a teologia dogmática latina. Segundo Boff (1989), essa teologia corre o risco de ser entendida como sabelianismo ou modalismo, isto é, a heresia de Sabélio, século III, segundo a qual o Filho e o Espírito Santo seriam simples modos de manifestação da divindade, e não pessoas distintas.

Ainda, essa teologia também pode ser denominada de modalismo, doutrina que apresenta a Trindade como três modos de ver humanos do único e mesmo Deus, ou então três modos (máscaras) do mesmo e único Deus se manifestar aos seres humanos. Assim, Deus não seria Trindade em si, seria um e único. Segundo Fragiotti (1995), Sabélio foi condenado por heresia. A teologia latina sobre a Trindade teve grandes representantes, a exemplo de Agostinho de Hipona, Tomás de Aquino e João Dunus Scoto.

Agostinho de Hipona (354–430) escreveu um Tratado sobre a Trindade; é uma obra de maturidade, longamente meditada (de 388 a 419), interrompida e retomada por Agostinho. Até o livro VII expõe o dogma trinitário. Agostinho investiga a Trindade, que é Deus, nas realidades eternas, incorpóreas e imutáveis, cuja perfeita contemplação será a vida bem-aventurada que não pode ser senão eterna.

Para ele, a existência de Deus não é proclamada somente pela autoridade dos textos sagrados, mas por toda a natureza, inclusive a comunidade criada à imagem e semelhança do Criador. Essa questão pode ser encontrada mais precisamente no Livro VI, onde Agostinho ressalta que sua sabedoria é uma substância incorpórea e uma luz que permite que se veja o que os nossos olhos carnais não conseguem ver.

No capítulo VIII, Agostinho procura definir Deus partindo das criaturas, reproduzindo a teoria das ideias de Platão. Para atingir a prova de que Deus existe, faz duas exigências: "crer para compreender e compreender para crer". É o debate teológico e filosófico sobre fé e razão.

No capítulo IX, o autor delimita o ato de procurar e encontrar Deus como procedimentos a serem adotados enquanto desafio humano, completando fé e razão, que culminam com a afirmação de que Deus é "Aquele a quem o bem nada falta" ou, como já havia afirmado nas Confissões, capítulo XIII: "Tu que és o bem não te falta nenhum bem".

A partir do livro VIII, procura os sinais de Deus na criação e na estrutura ternária do humano, que traz em si seu movimento, que é seu princípio e seu fim. Agostinho se lança na investigação da verdade, porém se curva perante o mistério ao perceber os limites da pesquisa humana, buscando sempre mais corrigir os resultados de suas descobertas.

Outro teólogo muito importante foi Tomás de Aquino (1224–1274). A teologia tomista da Santíssima Trindade completa a obra agostiniana. Preserva o caráter divino e consubstancial das Três Pessoas, aprofundando as formas distintas de uma prover da outra, analisando as relações reais entre elas. Nesse tópico, Tomás de Aquino complementa Agostinho. Afirma o teólogo: "[...] é necessário admitir em Deus somente Três Pessoas. Pois como demonstramos, várias pessoas supõem várias relações subsistentes entre si realmente distintas". Na Trindade há três relações: a paternidade, a filiação e a processão. "Chamam-se propriedades pessoais, sendo como pessoas constituintes: a paternidade do Pai é a Pessoa do Pai, a filiação a do Filho e a processão é a do Espírito Santo procedente" (Aquino, 1980, p. 288).

E também enquanto destaque na teologia latina está João Duns Scoto (1266–1308). A grande tarefa desse teólogo foi distanciar a fé da razão, ao defender que o objeto da Teologia é Deus, enquanto o problema a ser enfrentado pela Filosofia/Metafísica é o ser.

Para Immarrone (2003), na teologia de Scoto, provar a existência de Deus não é meramente provar a ideia de infinito. Para cumprir sua tarefa, rejeita o pensamento de Agostinho, se afasta do platonismo e recorre a Aristóteles, como havia feito Tomás de Aquino. O ponto de partida do teólogo é o próprio infinito, e Scoto defende ser este necessário, capaz de propiciar a criação por ato livre. Logo, recorre também à metafísica aristotélica, isto é, Deus é o "Motor Imóvel", é Ato puro, porém não conhecido em essência pelo humano.

Ainda, segundo Immarrone (2003), não satisfeito, Scoto rebate a ideia de essência necessária para afirmar a existência porque o infinito é uma ideia derivada da própria ideia de finito, isto é, o infinito é transcendental, abismo e liberdade, impossível de ser compreendido pela razão, podendo, portanto, o humano expressar o desejo de amar não um bem qualquer e passageiro, mas o Bem Infinito, o próprio Deus.

Quanto à teologia moderna, a teologia trinitária parte das Três Pessoas divinas, Pai-Filho-Espírito Santo e faz uso de uma expressão grega, o termo "pericorese", para expressar que Deus é Trindade.

Verifica-se que na teologia da Santíssima Trindade há Um só Deus em Três Pessoas. Os Três vivem em eterna pericorese, sendo um no outro, pelo outro, com o outro e para o outro. A unidade trinitária significa a união em virtude da pericorese e da comunhão eterna. Essa união, porque é eterna e infinita, permite falar de um só Deus. Ainda, parte do dado da fé, a existência do Pai-Filho-Espírito Santo como distintos e em eterna comunhão. O Concílio de Florença (1431–1438) expressou a teologia dogmática moderna (Denzinger, 1991, p. 593).

Quanto à tradição, ao combater o monarquismo, o patripassionismo, o sabelianismo e o arianismo, afirmou a consubstancialidade na Trindade. O Concílio de Toledo (675) expressou: "Não se deve pensar que as Três Pessoas sejam separáveis, pois não se há de crer que existiu ou atuou uma antes da outra, ou depois da outra, ou sem a outra, porquanto são inseparáveis tanto no que são quanto no que fazem" (Denzinger, 1995, p. 301).

A pericorese pressupõe absoluta paridade ontológica entre as Três Pessoas Divinas, mas diz mais ao dirigir a atenção à reciprocidade existente entre Pai, Filho e Espírito Santo . Com a expressão pericorese, a teologia cristã afirma a completa efusão do próprio ser e coloca em circulação total aquilo que possui cada uma das Pessoas trinitárias. "Eu e o Pai somos um [...]" (Evangelho Segundo João 10, disponível na Bíblia Cristã).

Segundo Boff (1984), há uma circulação total da vida e uma coigualdade perfeita entre as Pessoas da Trindade, Deus dos cristãos, sem qualquer superioridade de uma à outra. Ainda, na Trindade tudo é comunitário e comunicado entre si, menos o que é impossível de comunicar: o que as distingue umas das outras. O Pai está todo no Filho e no Espírito Santo e o Espírito Santo está todo no Pai e no Filho.

Daqui deriva a igualdade, respeitadas as diferenças, da comunhão plena e das relações justas para a sociedade e a história. Assim, ocorreu a reprodução do judaísmo no cristianismo.

— Então, professor, como ficou definido texto sagrado no cristianismo?

É fato que após a queda de Jerusalém, no ano 70 d.C., os judeus foram submetidos a um novo exílio, mas preservaram sua identidade enquanto povo, o monoteísmo e seus textos sagrados em hebraico.

No culto sinagogal do século I, a leitura da Torah tinha precedência em relação aos profetas, mas nas comunidades de origem grega era divulgada a Bíblia traduzida em Alexandria durante o governo de Ptolomeu II, no século III, a denominada tradução dos LXX, a qual recebeu novas composições escritas em grego.

No processo de produção de novos textos sagrados não podemos deixar de lado o midrash, técnica utilizada para recuperar e contextualizar o considerado Antigo Testamento. Via midrash os textos considerados "Novo Testamento" foram sendo edificados, tendo como finalidade preservar a profissão de fé cristã. Sendo Jesus o Messias, enfatizava-se a figura do herói com uma infinidade de prodígios. Daí surgiram os milagres e aparições, até mesmo após a morte, envolvendo o personagem Jesus.

Historicamente sabemos que Jesus não era mágico ou uma espécie de bruxo. Ele era um homem que veio de Nazaré, seguidor do judaísmo, mas com um projeto que Ele chamou de "Reino de Deus".

Assim, os textos que mencionam prodígios, milagres e aparições foram criados, principalmente no século II, via midrash, para sustentar a profissão de fé em Jesus enquanto Cristo, Messias anunciado pelas Sagradas Escrituras.

Jesus nunca fez milagre algum, jamais apareceu depois de morto ou nunca saiu voando pela Palestina. Os textos do considerado Novo Testamento são o corolário do esforço teológico para firmar a profissão de fé em Jesus enquanto o Cristo, Messias anunciado pelo Antigo Testamento.

Entretanto, nas primeiras comunidades cristãs, no século III, o uso das Escrituras é fato, isto é, a versão grega da Bíblia Judaica, os escritos definidos como deuterocanônicos, os Evangelhos e outros escritos aos poucos foram sendo aclamados enquanto Palavra de Deus para assegurar o querigma cristão.

— Querigma era um livro sagrado, professor?

— Não, Bela, o "Querigma", que significa anúncio, não foi um texto escrito, mas se constituiu no anúncio dos acontecimentos históricos ou deutero-históricos relacionados à pessoa de Jesus e o significado soteriológico que lhe foi atribuído com referência aos escritos proféticos da Bíblia Judaica.

Com o "Querigma", constatava-se uma convicção de fé pascal relacionada aos desígnios de Deus manifestados pelos textos sagrados, considerados por judeus e também pelos cristãos. Esse documento, fruto da tradição oral, foi de suma importância para a elaboração dos textos definidos por Novo Testamento.

Quanto aos evangelhos, no denominado Novo Testamento da Bíblia Cristã, foram acolhidos enquanto sagrados os Evangelhos de Marcos, Lucas, Mateus e João. O primeiro apelou para a tradição oral como tantos outros autores antigos. Já Lucas se revela enquanto teólogo e historiador e serviu de fonte para o Evangelho de Mateus, ao Evangelho de Tiago, ao Evangelho de Tomé e ao Evangelho aos Hebreus.

Além destes, é bom ressaltar que outros evangelhos foram produzidos: Evangelho de Pedro, Evangelho dos Nazarenos, Evangelho dos Ebionitas e o Evangelho Secreto de Marcos.

Ainda, no Novo Testamento encontramos as denominadas "Cartas" dirigidas às primeiras comunidades cristãs, mas com estruturas e conteúdos próximos aos que estão disponíveis na atual lista canônica e/ou oficial da Bíblia Cristã, que também foram aclamadas como sagradas.

— O que foi escrito primeiro, os Evangelhos ou as Cartas Paulinas?

— O texto mais antigo do Novo Testamento é a Primeira Carta aos Tessalonicenses, escrita aproximadamente no ano 49, e o Evangelho mais antigo é o Evangelho de Marcos, escrito aproximadamente entre 65 a 70.

— O que há de comum nesses textos, professor?

— Todos esses textos foram utilizados como textos sagrados no início do cristianismo entre os séculos II, III e IV.

— Mas a quem foi dado o poder para afirmar esses textos enquanto "sagrados" e outros enquanto "apócrifos"?

— Na tradição cristã há os sucessores dos apóstolos, os bispos, que em concílio deliberaram sobre os textos sagrados.

Um texto considerado apócrifo, mas que por um bom tempo foi acolhido enquanto sagrado foi a Carta de Barnabé. Foi utilizada enquanto sagrada em Alexandria entre os séculos II e III e preservada pelo Código Sinaítico ou Bíblia do Sinai, datada do século IV, mas foi descartada pelo denominado Código de Muratori, provavelmente dos séculos II e III. Essa carta ficou conhecida por meio de um manuscrito produzido no mosteiro de Bobbio, norte da Itália, no século VIII, sendo encontrada em Milão no século XVIII.

Na Carta, Jesus é aclamado enquanto Messias, o Cristo, em apenas cinco momentos (Carta a Barnabé 1,1; 2,6; 12,1; 12,10–11). Ainda, poucas vezes é chamado de Senhor. Na mesma carta fica nítido o amor de Jesus pelos cristãos. Com sua morte, Jesus exclui da história todos os rituais relacionados aos sacrifícios judaicos. Define a cruz enquanto cumprimento das profecias da Bíblia Judaica. Com a morte de Jesus na cruz, o autor afirma ser um sacrifício perfeito em relação ao sacrifício de Isaac, apresentado a Deus por Abraão.

Ainda, Jesus é apresentado como a ovelha perfeita que a Torah exigia para o sacrifício expiatório. No texto, o autor revela ser um profundo conhecedor do judaísmo e a influência exegética do próprio judaísmo no cristianismo, confirmando a tese de que o cristianismo foi possível via crise institucional e teológica do judaísmo.

Sobre o Código de Muratori, Bruce (2011) afirma que recebeu esse título devido ao bibliotecário, um sacerdote italiano chamado Ludovico Antonio Muratori, que o encontrou na Biblioteca Ambrosiana de Milão, no século XVIII. Muratori publicou seu achado em 1740.

A lista do Código de Muratori no Novo Testamento começa por Marcos, Lucas, João, Atos dos Apóstolos, 13 Cartas Paulinas, 2 Cartas de Judas e o Apocalipse. Além de ser um Tratado de Cristologia, recepciona o que conhecemos por Novo Testamento, porém, acrescenta o livro denominado "O Pastor de Hermas" enquanto livro sagrado, após o Apocalipse.

Segundo Trevijano (1996), o livro intitulado "O Pastor de Hermas" também foi classificado pelo Código Claremontano do século VI, o qual ressalta o livro Atos dos Apóstolos e a Carta aos Hebreus.

Assim, a Bíblia, ou "Sagradas Escrituras" dos católicos, recepcionou a Bíblia dos LXX ou Septuaginta, os textos deuterocanônicos contendo 46 livros e o atual Novo Testamento contendo 27 livros.

Seguindo as orientações da expressão dogmática Católica, afirmada pelos Concílios de Trento, Vaticano I e Vaticano II, a Bíblia é a Palavra de Deus, contendo 73 livros.

Partindo das variadas e antigas denominações aplicadas à Bíblia, assim como da história do cânon bíblico, código ou lista de livros, é possível concluir que tanto judeus como cristãos estimavam os livros sacros mais do que qualquer outro gênero de literatura. Os livros eram consultados não apenas por ocasião de problemas religiosos, mas deles era deduzida toda a moral e toda a teologia.

Dessarte, o Concílio de Trento designou os livros bíblicos de "sacros" e "canônicos". "Sacro" refere-se a uma relação especial a Deus como autor; "canônico" exprime a autoridade singular em questão de fé e de moral.

Na quarta sessão, de 8 de abril de 1546, o Concílio de Trento aprovou o cânon bíblico da tradução denominada de Vulgata ou tradução para o latim de autoria de Jerônimo de Estridão, a pedido do papa Dâmaso, século IV, e destacou de modo especial o critério da canonicidade. Em seguida, o Concílio resume a decisão sobre o cânon e a origem divina dos livros canônicos, dizendo: "Se alguém não acatar como sacros e canônicos os livros da Escritura Sagrada, conforme enumerados pelo Concílio de Trento, ou lhes negar a inspiração divina — seja excomungado" (Denzinger, 1995, p. 639).

Dessa forma, no cristianismo de tradição católica, por inspiração divina, os hagiógrafos produziram os textos que o futuro definiu como sagrados. Porém, é sabido que os primeiros teólogos cristãos não tinham qualquer noção de que estavam sob impulso do Espírito Santo. Por exemplo, quando o apóstolo Paulo escreveu a Timóteo, pedindo que viesse a Roma e trouxesse os livros, apetrechos de escrivão e o manto perdido em Trôade (Segunda Carta do Apóstolo Paulo a Timóteo 4), certamente não estava movido pelo Espírito Santo.

Quanto ao "Cânon Bíblico", é viável saber que, em teologia, você já sabe que cânon é a lista dos livros pertencentes à Bíblia. A partir do século IV d.C. os escritores cristãos começam a empregar as palavras "kanonizómena" ou "kanoniká" para aqueles livros que "regulamentavam" a fé e os costumes cristãos, sendo por esse motivo arrolados no catálogo das Escrituras Sagradas. Assim, o cânon é o elenco, estabelecido pelas lideranças cristãs, dos livros que devem normatizar a fé e a vida dos cristãos.

No decorrer da história do cristianismo foram estruturadas e usadas diversas bíblias: cânon católico romano, cânon da África, cânon católico ortodoxo, cânon protestante e outros.

O primeiro catálogo oficial de um sínodo que enumera todos os livros do cânon atual é o sínodo de Hipona, na África, do ano 393. O papa Inocêncio I, em 405, enviou um catálogo igual ao bispo do sul da França, Eusébio. O Concílio Trulano (692) aceitou o mesmo cânon na sua íntegra. No cristianismo ocidental encontramos iguais resenhas de livros sacros no Decreto Gelasiano do papa Gelásio (492–496), bem como no decreto do Concílio de Florença para os Jacobitas (1441). Com tudo isso, o debate sobre a extensão do cânon bíblico parecia encerrado (Denzinger, 1995).

Porém, em 1534, Martinho Lutero traduziu a Bíblia para o alemão e relegou os livros deutero-canônicos a apócrifos, isto é, não pertencentes à Escritura Sagrada. Devido ao fato, o Concílio de Trento, 1546, retomou a questão da canonicidade dos textos bíblicos, decretando a lista da atual Bíblia Católica enquanto sagrada com 73 livros.

Quanto ao "Cânon Protestante", que surgiu com a Reforma Protestante dos séculos XVI e XVII, foi um avanço ao debate sobre a canonicidade bíblica. Para os primeiros reformadores — Martinho Lutero, João

Calvino, Martin Butzer, Menno Simons, Ulrico Zwinglio — a canonização dos textos bíblicos só pode ser obra do Espírito Santo.

Assim, a canonização está diretamente relacionada à inspiração divina. Não é alguém que afirma, impõe ou decreta a inspiração, mas deriva da própria Escritura Sagrada.

Logo, só a Bíblia pode atestar a canonicidade de um livro bíblico. Por exemplo, em Lucas 24, "Jesus explica a lei e os profetas", confirmando que a Torah e os profetas são livros inspirados. Por isso, os denominados livros deutero-canônicos (Tobias, Judite, Primeiro Macabeus, Segundo Macabeus, Sabedoria, Baruc e Eclesiástico) foram considerados apócrifos, isto é, não inspirados porque não derivam da profecia, têm historicidade comprometida e não são confirmados pela própria Sagrada Escritura, ficando assim a Bíblia Protestante com 66 livros.

Quanto ao cânon no catolicismo ortodoxo, a questão sobre o que vem a ser ou não ser livro sagrado, muita calma, porque ainda há outro cânon.

O catolicismo ortodoxo grego, além dos livros canônicos do Concílio de Trento, considera ainda como canônicos um suposto Terceiro Livro de Esdras e Terceiro Macabeus, ambos apócrifos na Igreja Católica latina. Na Igreja Ortodoxa russa, sob a influência protestante, desde o século XVIII, discutese a canonicidade dos livros deutero-canônicos.

A mais recente tradução russa da Bíblia, editada pelo patriarcado de Moscou, contém todos os livros deuterocanônicos na ordem da Septuaginta e ainda o Terceiro e Quarto Livro de Esdras e o Terceiro Macabeus.

Para nenhum dos livros mencionados o patriarcado de Moscou manifesta a mínima dúvida no tocante à canonicidade: chama a atenção somente o fato de que o Quarto Livro de Esdras está depois dos três livros de Macabeus e o Terceiro Esdras vem após Neemias.

Assim, a maioria das igrejas protestantes, que surgiram após o século XV, concordaram com Lutero na rejeição dos livros deutero-canônicos. Quanto ao Novo Testamento, não há divergências entre católicos romanos, católicos ortodoxos, russos e protestantes. Ou seja, cada um com sua verdade e tradição. Resta a pergunta: o que é a verdade?

Diversos são os textos, muitas são as traduções e quase infinitas as interpretações. Deus teria diversas palavras? Não! A palavra de Deus é uma só palavra, o AMOR.

— Professor, quem é Deus no cristianismo?

Deus é Trindade! A encarnação de Jesus na história significa a saída da Trindade de si mesma para ir ao encontro do ser humano. É o mistério do aniquilamento, do despojamento por amor e misericórdia, é o processo de esvaziamento de Deus.

A glória da Trindade é que o povo viva em comunhão, esteja em comunhão. Assim se identifica o desejo de Deus com o desejo humano: vida nova, chave para compreender a lógica do cristianismo. Reconhecer o Deus no partir do pão na comunidade, na Eucaristia.

— Tenho várias amigas que estão na Eucaristia. O que é isso?

— Eucaristia, Bela, significa "Ação de Graças". É um sacramento. No cristianismo acredita-se que Jesus se faz presente no pão partilhado na comunidade. Em outras palavras, "Jesus se faz alimento, se reparte para todos". Ele é o "pão descido do céu". Na eucaristia todos somos irmãos e irmãs.

— Que lindo isso, professor!

— Realmente, mas há muito tempo a igreja católica colocou a Eucaristia enquanto objeto de adoração. Daí, para ter acesso ao "pão descido do céu" os fiéis tiveram que passar pela mediação e/ou poder de sacerdotes e bispos. E tem mais, Bela, o cristianismo não é único, há um pluralismo cristão, com destaque para quatro ramificações:

1. Cristianismo católico apostólico romano. Sob autoridade do papa, considerado sucessor do apóstolo Pedro, primeiro bispo de Roma, estão os demais bispos, padres, diáconos e os fiéis.

2. Cristianismo católico ortodoxo. Sob autoridade de um patriarca, estão os bispos, padres, diáconos e fiéis.

3. Cristianismo protestante histórico (Igrejas Anglicana, Luterana, Presbiteriana, Metodista, Batista). Suas comunidades estão sob liderança de um pastor.

4. Outros protestantes, os quais se dividem entre pentecostais e neopentecostais.

Quanto à simbologia, destaca-se a cruz, a qual faz memória da morte de Jesus enquanto sacrifício para o perdão da humanidade. Quanto às principais celebrações merecem destaque:

1. Natal: celebra-se o nascimento de Jesus, o filho de Deus.

2. Páscoa: celebra-se a paixão, morte e ressurreição de Jesus.

— Professor, olha a Lelê e a Lulu, são minhas amigas...

Ao aproximar-se do portão da Escola "Cabeças Pensantes", Bela abriu um sorriso e começou a conversar com Lelê e Lulu. Criança, quando reencontra outras crianças, os adultos são desnecessários.

— Vai lá com elas, escola não é apenas para estudar, também é ambiente de brincar, conversar e sorrir.

Para aquele dia havia preparado para a turma de Bela uma aula sobre o conceito de Filosofia, mas não foi possível, a coordenadora pedagógica precisou repassar suas orientações aos alunos.

Enquanto a coordenadora chamada Hípias falava o sinal tocou... Quando toca o sinal, pode ser até o papa, ninguém consegue conter os gritos de euforia. São gritos de liberdade e paixão pela casa. Isso comprova que a escola não é a segunda casa e que os alunos sentem o peso da rigidez escolar.

Saindo da sala dos professores, minha nova amiga me esperava para mais um momento peripatético. Enquanto Bela amarrava o tênis, eu segurando a mochila cor-de-rosa dela, uma professora, de que ainda não sei o nome, ao sair me disse:

— Parabéns pela filha, ela é muito inteligente!

Foi uma dupla emoção, eu me sentindo pai e Bela se sentindo filha.

Ao sair pelo portão da escola, esperei a pergunta...

— Professor, acho que há tempo para o senhor falar sobre o terceiro caminho que leva até Deus.

— Ontem quase perdi o ônibus, Bela!

— Quase perdeu o ônibus e ganhou uma amiga.

— Verdade, Bela!

CAMINHO 3

PROCURANDO DEUS NO ISLAMISMO

— Chegamos até aqui construindo o conhecimento em torno do judaísmo e do cristianismo. Agora, Bela, você entrará em contato com outra riquíssima experiência teológica, na qual Deus também é procurado e encontrado. É o caminho aberto pelo islamismo.

Neste, além da origem e contexto em que o Islã foi gestado, também veremos alguns pontos comuns existentes no islamismo, cristianismo e judaísmo e as expressões teológicas coincidentes entre elas; por exemplo, o monoteísmo, o mesmo procedimento de procura, a importância do texto sagrado escrito e a forte ligação entre comunidade política e comunidade religiosa.

É sabido que o judaísmo sobreviveu devido à aliança com o poder político a partir do reinado de Davi, e o cristianismo católico romano ganhou poder devido à aliança com o poder do império romano, chegando a ser religião oficial de todo o império.

Quanto ao islamismo não foi diferente. A região da Península Arábica, entre os séculos V e VII, foi habitada por povos sedentários e seminômades. Os primeiros viviam em cidades e dedicavam-se ao comércio. Os seminômades vagavam pelo deserto, sempre organizados em tribos dedicadas à pecuária.

Situada na região do Hegaz está uma das cidades mais importantes da Arábia, Makka ou Meca, a Honrada. Fecunda para o comércio, foi uma das principais rotas dos produtos do Oriente para o Ocidente. Meca, por muito tempo, esteve sob domínio do Império Otomano.

Segundo Dermenghem (1978), em 570 na cidade de Meca nasceu Muhammad e/ou Maomé, filho de Abdallah e Amina. Perdeu os pais ainda na infância, foi beduíno da tribo dos coraixitas, que dominava a cidade de Meca e tinha como missão zelar pela Caaba de Meca. Maomé foi pastor de ovelhas, identidade igual à de Davi, o grande rei do povo hebreu (Primeiro Livro de Samuel 16, disponível na Bíblia Judaica e Bíblia Cristã) e um dos profetas que antecederam a Maomé, segundo o Alcorão Sagrado. Foi criado pelo tio Abu Talif, mercador.

Devido às viagens com seu tio, entrou em contato com outras culturas, incluso o judaísmo e o cristianismo. Seu avô era muito influente, comerciante de destaque e líder religioso na Caaba.

Aos 20 anos, Maomé prestava serviço à Khadija, viúva e herdeira de um grande patrimônio. Aos 25 anos, Maomé casou-se com Khadija, passou a administrar os bens da esposa, permaneceu frequentando a Caaba e realizou viagens pela Síria, vindo a fortalecer os laços com o monoteísmo existente no judaísmo e no cristianismo (Walker, 1998). Maomé e Khadija tiveram quatro filhos, dos quais três faleceram ainda criança, ficando apenas Fátima.

Em Meca, a classe sacerdotal que governava a Caaba preservava-a enquanto ambiente de peregrinação politeísta, fortalecendo a identidade de Meca enquanto centro comercial. Muitos estrangeiros ainda a frequentavam com fortes laços com a Caaba original.

Aos 40 anos, aproximadamente no ano 610, segundo a tradição muçulmana, Maomé recebeu a revelação do Anjo Gabriel: "Quem se declarará inimigo de Gabriel? Ele com beneplácito de Deus, impregnou-to (O Alcorão) no coração, para corroborar o que fora revelado antes; é guia e alvíssara de boas novas para os crentes" (Alcorão Sagrado, Surata 2ª, 97).

A partir da revelação no Monte Hira, em Meca, Maomé começou a divulgar a sua própria experiência religiosa monoteísta, muito influenciada pelo judaísmo e pelo cristianismo. Porém, a mensagem de Maomé não foi bem acolhida em Meca, obrigando o profeta a buscar refúgio em Medina, dando início à Hégira e/ou exílio no ano 622.

Em 630, com forte exército, o profeta entrou em Meca, tomou a cidade e fez dela um grande centro religioso, cujo culto é dirigido a Deus e/ou Allá. Aos poucos, Maomé tornou-se líder religioso e político, unificou as tribos da Península Arábica, criando um Estado, cujo povo passou a professar que Allá é Deus e Maomé, o seu profeta. Enquanto líder político-religioso, Maomé viu que o politeísmo mais dividia do que fortalecia as tribos árabes. Seguindo o modelo principalmente do cristianismo, fortemente vinculado ao império romano, implanta um Estado monoteísta.

Para Dermenghem (1978), Maomé, melhor que ninguém, conheceu também as virtudes e os defeitos nas tribos árabes. Inspirado, nem um dia sequer pensou vencer sem ser sob a proteção de Allá, sabia, entretanto, prever o futuro e medir as forças e as fraquezas do adversário. Apesar de quanto se tenha dito a seu respeito, foi homem bom e generoso. Sua clemência na tomada de Meca foi mais do que um ato político. Com a morte de Maomé em 632, a figura do sucessor ou califa ficou indefinida. A entidade responsável pela escolha do sucessor seria a Ummah e/ou comunidade de fiéis.

A primeira possibilidade para suceder a Maomé era Ali Ibn Abi Talib, primo e genro do profeta, mas o escolhido foi Abu Bakr (632–634), um dos sogros do profeta e um dos primeiros a se converter ao Islã. Paulatinamente, o califado muçulmano conquistou a Península Ibérica, a Pérsia, o norte da África e o Império Bizantino decadente, mas na Batalha de Poitiers, quando a intenção era conquistar o Império Carolíngio, foram vencidos pelos francos.

Assim, o Islã era divulgado e conquistava seguidores. Para a sucessão, Abu Barkr indicou Umar ibn al-Kattab, como segundo califa, que governou entre 634 e 644. Este foi responsável pela expansão árabe muçulmana, conquistando a Síria, a Palestina, o Egito e parte da Pérsia.

Com a morte de Umar ibn al-Kattab, quem sucedeu foi Uthman ibn Affan (644–656). Foi nesse califado que o texto oficial do Alcorão foi confeccionado. Ainda, nesse califado as conquistas árabes foram ampliadas pelo norte da África e pela Ásia Menor, além da conquista total da Pérsia.

No século X, Meca passou a ser governada por xarifes ou xerifes, os descendentes do profeta Maomé. Além do comércio, Meca passou a ser a cidade mais importante para o islamismo.

A partir de Meca, a incansável procura por Deus é retomada. A partir de Meca, foi confeccionada a Teologia Islâmica.

Atualmente, com quase dois milhões de habitantes, Meca é visitada anualmente por mais de 10 milhões de peregrinos. É voltado para Meca que cada islamita faz suas orações diárias. Lá está a Caaba, uma construção cúbica, com aproximadamente 15 metros de altura, sempre coberta por um manto escuro.

Assim, da mesma forma que o judaísmo foi protegido pela força da espada do reino hebreu e o cristianismo pela espada romana, o islamismo passou para a história pela força da espada do império árabe.

— Professor, o que tem no livro sagrado dos muçulmanos?

— Tem muita coisa da Bíblia Judaica e da Bíblia Cristã. Por exemplo, no livro do Gênesis podemos verificar: "O Senhor apareceu a Abrão [posteriormente será chamado de Abraão] e disse: É a tua posteridade que eu darei esta terra. Abrão construiu ali um altar ao Senhor, que lhe aparecera [...]" (Livro do Gênesis 12, disponível na Bíblia Judaica e Bíblia Cristã). Esse relato foi recepcionado pelo Alcorão: "Designar-te-ei Imame dos homens. Abraão perguntou: e o serão os meus descendentes? Respondeu-lhe: Minha promessa não alcançará os iníquos [...] E quando estabelecemos a Casa [Caaba] para congresso e asilo da humanidade, dissemos: Adotai a instância de Abraão por oratório [...]" (2ª Surata, 124–125).

Nessa surata, que é uma espécie de capítulo, encontramos o principal ponto comum entre judaísmo, cristianismo e islamismo, isto é, a fé das três grandes tradições tem como ponto de partida a experiência religiosa de Abraão e seus dois filhos: Ismael, o primogênito, gerado por Agar (a escrava) e Isaac, gerado por Sara, a esposa legítima (Livro do Gênesis 21, disponível na Bíblia Judaica e Bíblia Cristã).

— Abrão que virou Abraão tinha duas esposas?

— É, Bela, podemos dizer que sim... são coisas do Antigo Testamento.

Segundo Feiler (2003), se o judaísmo e o cristianismo fundamentam a fé a partir de Abraão e Isaac, o islamismo faz a fundamentação a partir de Abraão e Ismael. Assim, podemos afirmar que as mencionadas religiões são abraâmicas, com pontos comuns e diferenças.

Segundo o Alcorão sagrado, "Abraão jamais foi judeu ou cristão; foi, outrossim, monoteísta, submisso, e nunca se contou entre os idólatras" (Alcorão Sagrado, Surata 3ª, 67). E diz a respeito de Abraão e de Ismael:

> E quando Abraão implorou: Senhor meu, faze com que esta cidade seja de paz, e agracia com seus frutos os seus habitantes que creem em Deus e no Dia do Juízo Final e Deus respondeu: Também aos incrédulos agraciarei um pouco; mas depois serão condenados ao tormento infernal. Que funesto Destino! E quando Abraão e Ismael levantaram os alicerces da Casa, exclamaram: Ó Senhor nosso, aceita-a de nós pois Tu és Exorável, Sapientíssimo. Ó Senhor nosso, permite que nos submetamos a Ti e que surja de nossa descendência uma nação submissa à Tua vontade (Alcorão Sagrado, 2ª Surata, 126–128).

O Islã é a submissão e a obediência a Deus. Assim, todos aqueles que obedecerem a Deus e agirem de acordo com a sua vontade são seus seguidores, são muçulmanos. Os profetas e os mensageiros, por obedecerem e se submeterem a Deus, são muçulmanos.

PROCURANDO DEUS: UM ENSINO RELIGIOSO

Por isso, os profetas, também personagens da Torah Judaica e da Bíblia Cristã, são definidos pela teologia islâmica enquanto seguidores de Allá. Aqui você pode perceber que a expressão de fé no islamismo é edificada sobre três fundamentos: a) a fé em Uno e Único, b) a fé na profecia e c) a fé no mundo da eternidade.

É notável que a fé na profecia e na eternidade está ligada diretamente à fé em Allá, o Clemente. E aquele que professa a fé em Allá é envolvido pela fé na profecia e na eternidade e em tudo o que está em Allá, inclusive punições e recompensas. Todavia, é interessante a maneira respeitosa como o Alcorão Sagrado expressa sobre personagens bíblicos e personagens da Torah. Além de Abraão, ressalta Maria, Mãe de Jesus:

> Ó Senhor, meu Deus, concebi uma mulher — mas Deus bem sabia o que havia concebido, e um varão não é o mesmo que uma mulher — eis que a chamo Maria: ponho-a, bem como a sua descendência, sob a Tua proteção [...] (Alcorão Sagrado, Surata 3ª, 36).

A respeito de Jesus, o Filho de Maria, segundo o Alcorão, ele é o penúltimo dos profetas de Deus, aquele que fez o anúncio da vinda do profeta Maomé: "De tais apóstolos preferimos uns mais do que os outros. Entre eles, se encontram aqueles a quem Allá falou, e aqueles que elevou em dignidade. E concebemos a Jesus, filho de Maria" (Alcorão Sagrado, Surata 2ª, 253).

Porém, a novidade do islamismo não é ter reproduzido mais uma ideia de salvação, mas ter transformada a ideia de salvação em monoteísmo semita, abrindo uma nova perspectiva religiosa para o ser humano.

— Professor, no islamismo também tem escolas iguais às do judaísmo?

— São várias escolas teológicas, Bela. Mas espere um pouco, preciso explicar o que é um califa.

O Islã é liderado pelo califa, palavra de origem árabe que significa "sucessor do enviado de Allá", título adotado após a morte do profeta Maomé.

Até 1258, foram três califados: o Ortodoxo (632–661), o Omíada (661–750) e o Abássida (750–1258), os quais expandiram o império árabe e divulgaram o Islã.

Com o poder de persuasão do império muçulmano, a língua árabe passou a ser conhecida e aceita por outros povos, principalmente pelos vencidos em guerras.

Se o judaísmo era divulgado em hebraico, o cristianismo em grego e latim, o idioma oficial do islamismo era o árabe. Para Attie Filho (2002), o anúncio do Alcorão Sagrado era realizado em árabe, é a Palavra de Deus transmitida pelo Anjo Gabriel a Maomé, o terceiro grande profeta, sendo antecedido por Abraão e Jesus.

Com a expansão do império islâmico, entre os séculos VII e VIII, não tardou que a filosofia grega, por intermédio da Síria, chegasse ao mundo árabe. Enquanto o judaísmo se fechava nas sinagogas e o cristianismo se enclausurava nos mosteiros, o islamismo surgia para o mundo, tomando para si a herança filosófica dos principais centros de cultura da época.

Quando os árabes conquistaram a Síria, a Pérsia e o Egito (630–640), a filosofia grega estava mais do que viva entre as escolas monásticas, ou seja, entre os sabeus de Harnan, nestorianos e jacobitas.

Por volta de 813, Al-Ma'mun assumiu o poder no império muçulmano. No ano 830 esse califa demonstrou interesse nos escritos do filósofo Aristóteles (383–322 a.C.). Em Bagdá, capital do império, fundou a "Casa da Sabedoria" com museus, bibliotecas e centros de traduções.

De Libera (1998) destaca Hunayn ibn Ishaq (808–873) como um dos maiores sábios e grande tradutor da época. Assim, os principais centros culturais, Alexandria e Bizâncio, sob domínio muçulmano, tiveram toda a cultura migrada para Bagdá, influenciando a produção teológica islâmica, com demasiado auxílio de melquitas, nestorianos e jacobitas.

Assim, da mesma forma que o "Motor Imóvel" de Aristóteles servira de base para a teologia de Tomás de Aquino durante o século XII, já no califado de Al-Ma'mun, a filosofia grega, principalmente Platão e Aristóteles, constituía o paradigma para definir quem é Deus.

Dessa forma, o politeísmo perdia espaço e Deus, que já era chamado de IHWH pelos judeus e TRINDADE pelos cristãos, passa a ser chamado também de ALLÁ pelos muçulmanos.

Attie Filho (2002) chama a atenção para as obras apócrifas produzidas no contexto. Um exemplo é a Teologia do Pseudo-Aristóteles. É uma obra, como muitas do medievo, que recebeu por título o nome de um filósofo antigo, cujo objetivo era obter maior aceitação, credibilidade, despertar curiosidade ou valor de mercado. A autoria do texto é desconhecida; segundo Fakhry (1989), há indícios de ter sido elaborada entre os séculos VIII e IX em Bagdá. Sem pretensão, a obra une Filosofia a Teologia, Platão a Aristóteles, para fundamentar quem é Allá.

Dessarte, com aprovação e reprovação, a filosofia grega propiciou uma renovação na maneira de interpretar o islamismo. Além da fé, aplica-se a lógica aristotélica para ler e interpretar o Alcorão Sagrado. As principais escolas teológicas e filosóficas que surgiram foram a Falsafa, a Kalam e a Mutazila.

Quanto à FALSAFA, é uma expressão árabe que é traduzida por filosofia, mas constituiu uma escola de procedimentos filosóficos, teológicos e hermenêuticos ligada ao islamismo. Surgiu em meio ao processo de expansão do império islâmico, entre os séculos VIII e IX, recebendo forte influência da cultura religiosa e filosófica estrangeira.

Giordani (1992), ao tratar da Falsafa, ressalta: o deserto foi marcante para o povo árabe. O deserto é instável, da noite para o dia podem desaparecer estradas. Por isso, o árabe não pode confiar, como os gregos, na uniformidade da natureza. A instabilidade do deserto obriga à profissão de fé no destino misterioso que constitui a essência das coisas.

Na concepção islâmica, o mundo e o humano nasceram com um destino irrevogável diante do qual só cabe dizer "Deus quer". Assim, na Falsafa, a relação Criador e criatura passou a ser objeto de análise e paradigma filosófico e teológico.

Outro tema de destaque foi a fundamentação da profissão de fé islâmica. Para essa tarefa foi imprescindível a lógica aristotélica, fortalecendo os dogmas do Alcorão Sagrado. Logo, a razão passou a ser um meio para o ser humano conquistar a verdade independentemente da revelação. Mas não demorou para a Falsafa ser interpretada como perigo às leis previstas no islamismo, ultrapassando os limites da tolerância religiosa, chegando ao fim após a morte do filósofo Averróis em 1198.

Quanto à KALAM, é o termo usado no islamismo para a teologia. Foi uma escola que surgiu durante o século VIII, devido ao debate teológico com os cristãos e/ou monges nestorianos e jacobitas, que viveram em comunidades no Oriente Médio. Eram grandes intelectuais e tradutores do grego e do hebraico para o árabe e vice-versa.

Visto que o Alcorão Sagrado fomenta reflexões filosóficas e teológicas a respeito da existência e da relação Mundo, Natureza e Deus, a Kalam passou a ressaltar a importância da legitimidade do chefe na comunidade, da responsabilidade de cada muçulmano, bem como a forma como cada humano seria punido pelos seus atos considerados pecaminosos.

Assim foi sendo estabelecida uma vasta produção teológica de caráter moral e dogmática, fortalecendo as verdades de fé para o islamismo e fortalecendo os dados da revelação e tradição.

Quanto à MUTAZILA, foi outra escola. A expressão pode ser traduzida por "isolados". Foi uma escola teológica que surgiu em Basra, século VIII, no interior do mundo muçulmano. É a escola oficial dos islâmicos de cunho sunita.

Com a finalidade de desenvolver uma leitura do Alcorão Sagrado tendo por base a razão, argumentavam que por meio desta seria possível separar a revelação autêntica da fantasia.

Na Mutazila defende-se a unidade divina. Deus é aquele que toma conhecimento do fato quando este se realiza. E para atribuir uma dimensão mais racional sobre Deus foi aplicada a filosofia grega, exceto Aristóteles. Ao analisar a produção teológica Mutazila, Dermenghem ressalta:

> Para evitar o antropomorfismo e o que julgavam politeísmo disfarçado, rejeitavam os Atributos. Declaravam que só a Essência divina e o Corão, sua palavra criada, eram eternos, ao passo que os sunitas na grande maioria criam que os Atributos fossem coeternos e que o Corão fosse incriado (o que coincide, talvez, com o que os cristãos entendem pelo Verbo (Dermenghem, 1978, p. 18).

Na segunda metade do século VIII, começou a fazer parte da Mutazila um sábio chamado Ali ben Ismail al-Ashariya (874–936), que após permanecer durante algum tempo na escola proclamou em público que havia professado doutrinas heréticas, embora nunca tenha escrito um texto refutando o pensamento da Mutazila.

Em seguida, os membros da Escola de Mutazila passaram a sofrer perseguições, começaram a perder espaço e foram substituídos pelos discípulos de Ashariya, responsável pelas principais obras de teologia islâmica. No que tange ao pensamento doutrinário, os Ashariya muito se distinguiram dos pensadores da Escola de Mutazila, principalmente em relação à forma como compreendiam a razão e o intelecto do homem. Verifica-se com a seguinte definição:

> As divergências entre os Mutazila e os Ashariya derivavam do diferente entendimento que tinham do poder da razão humana. Os Ashariya reconhecem que os seres humanos possuem alguma vontade própria e poder de raciocínio, mas

> consideram que estas capacidades humanas são extrema-
> mente limitadas quando comparadas com a onisciência e
> onipotência de Deus.
>
> Os Mutazila, por outro lado, depositavam fé no poder do
> intelecto humano e recusavam-se a aceitar que algumas
> coisas estivessem distantes do entendimento humano.
> Ambas as posições se baseiam na tradição filosófica islâ-
> mica, à qual a teologia islâmica foi buscar muitas das suas
> ideias (Elias, 2003, p. 47).

Quanto ao SUFISMO, é a tradução da expressão árabe "Tasawwuf", derivada de Suf, cujo significado é "lã", devido à veste simples utilizada pelos mestres sufis. Tanto no judaísmo quanto no cristianismo, há movimentos mistagógicos, totalmente voltados para a espiritualidade. No islamismo, identificamos a experiência do sufismo.

Para Roger Garaudy (1988), o sufismo é a dimensão mística do Islã, que procura concretizar os ensinamentos do Alcorão Sagrado, a Suna e os clássicos pilares do islamismo. Segundo o autor, é verdadeiro afirmar que a espiritualidade dos monges do deserto do cristianismo, os mestres espirituais do judaísmo, a ascese budista e o gnosticismo de Alexandria também influenciaram o sufismo.

Os primeiros mestres do sufismo estão situados nas origens do islamismo, quando a expansão política do império muçulmano propiciou um contexto de riqueza, poder e prazer.

Em oposição à vaidade e imoralidade, os mestres sufis passaram a propagar a pobreza, a humildade e o despojamento de tudo o que não é vontade de Allá.

O sufismo também é definido a partir da palavra Suffa, cujo significado é "banco" de praças ou disponível ao público. Esse conceito está relacionado ao grupo de seguidores de Maomé que não tinham casas e dormiam nos bancos disponíveis para descanso. Esse grupo, segundo Garaudy (1988), formou uma grande comunidade onde todos partilhavam o pão e não havia necessitados entre eles.

> Ainda, "tornar-se sufi é assumir a espiritualidade islâmica,
> é iniciar ou percorrer o caminho para a iluminação até a
> Haqiqa e/ou Gnose e/ou Conhecimento. Para isso cada
> tradição ou escola sufi tem suas orientações e metodologia
> própria" (Garaudy, 1988, p. 49).

Sobre o caminho, também são diversos. Pode ser o jejum, a caridade, a recitação do Alcorão Sagrado, a meditação, o cultivo do diálogo, o silêncio e/ou a busca coletiva do discernimento espiritual. Assim, o sufi transcorre para a liberdade, encontra paz, e encontra Deus. Logo, no sufismo parte-se da existência do ser humano para atingir a transcendência, o próprio Deus.

— Professor, então no islamismo Deus tem um novo nome?

Deus é Allá, o Clemente, o Misericordioso... o muçulmano faz a Tawhid (Profissão de Fé), podendo assim ser chamado de Mwahhid (aquele que confessa que Deus é único e uno). Por essa atitude outras são acolhidas, pois a profissão de fé acarreta consequências teológicas, já que o Alcorão Sagrado não separa a fé da prática diária; logo, vigora não uma ortodoxia, mas a ortopraxia islâmica.

Allá é o Criador, é totalmente outro e se faz presente, é compassivo e íntimo, nada pode ser comparado a Allá. Além de Clemente e Misericordioso, ele é Santo, Onipotente, Onisciente, Onipresente, Sábio, Bondade, Amável, Poderoso, Único, Uno... No Alcorão Sagrado são noventa e nove nomes atribuídos a Allá. O centésimo nome é "Al Ism", que não pode ser traduzido, é o segredo que Allá guarda, é o Mistério.

Aqui podemos perceber convergências com judaísmo e cristianismo. No judaísmo se faz uso da expressão IHWH, quatro letras que não são pronunciadas ou "Aquele que é", o Senhor, o Mistério. No cristianismo Deus é chamado de TRINDADE, o Mistério existente em Deus. E no islamismo Deus é ALLÁ.

— Professor, então para o islamismo apenas o Alcorão é texto sagrado?

— Não, Bela, segundo a tradição islâmica, o Alcorão Sagrado e/ou Corão foi revelado por comunicação direta entre Deus e o Profeta, por mediação do Anjo Gabriel em língua árabe. Além do grande texto, há a Suna, o caminho a ser seguido.

Segundo Samuel (1997), o Alcorão Sagrado está dividido em 114 suratas (capítulos), que abordam a vida espiritual, jurídica, social e política dos muçulmanos. Está dividido em três partes: na primeira revela a profissão de fé islâmica e os atos dos profetas que antecederam a Maomé, a segunda expõe a vida e/ou peregrinação do profeta e a terceira constitui um sistema normativo.

Segundo Hayek (2001), foi após a morte de Maomé (632), no califado de Abu Bark (632–634), que o Alcorão Sagrado ganhou forma de texto escrito, sendo conservado no califado de Omar Ibn Al Khattab (634–644). No entanto, a primeira tradução é datada de 1143. Atualmente existem traduções nas principais línguas do mundo, mas somente a versão árabe é considerada Texto Sagrado (Samuel, 1997). Ainda, o Alcorão Sagrado pode ser interpretado, mas jamais alterado.

Outro texto, sem a mesma importância que o Alcorão Sagrado, é a Suna. É um documento que retrata as orientações do profeta Maomé, preceitos além do Alcorão Sagrado e virtudes a serem seguidas pelo muçulmano. É uma fonte posterior, foi o meio encontrado por Maomé para ensinar os seus seguidores.

— Agora, Bela, preste muita atenção no que falarei.

A grandeza do islamismo não está apenas na submissão do humano ao seu Criador, mas no comprometimento com a divindade e com o próprio ser humano, algo que também é nítido no judaísmo e no cristianismo.

Ainda, é um movimento monoteísta mais amplo. O islamismo é uma experiência de Deus comunitária, com seu modo próprio de viver, que normatiza todos os setores da vida. Tudo se concentra num sistema normativo-religioso denominado de xaria e/ou o caminho correto que foi estruturado a partir das fontes sagradas dentro dos princípios do islamismo, através de uma classe de sábios denominados de ulemás e/ou intérpretes ou legisladores do Islã. Disso resultaram os cinco pilares do Islã.

1 – SHAHADA: CRER EM ALLÁ, O DEUS ÚNICO.

Pode ser definida com a expressão árabe "Shahada", o testemunho. O seguidor ou submisso assume e repete a fórmula: "Não há outro Deus e Maomé é seu Profeta". Deus é eterno, inato, onisciente, onipresente. E a função humana é se submeter a Deus e servi-lo. Deus é incomensurável, e os humanos, inclusive Maomé, o Profeta, são mortais. Ao chegar ao fim da vida, Deus julgará a todos os humanos, separando bons para o paraíso e os maus aos infernos.

2 – SALAT: REZAR CINCO ORAÇÕES DIÁRIAS VOLTADOS PARA MECA.

Todo muçulmano é chamado pela torre da mesquita. É uma veneração a Deus, é a submissão ou prostração. É possível fazer em qualquer lugar, mas de preferência de forma coletiva na mesquita. Geralmente, na sexta-feira, a comunidade se reúne na mesquita para a oração comunitária.

3 – ZAKAT: SER GENEROSO PARA COM OS POBRES.

Todo seguidor ou submisso entrega uma parte de sua renda para obras assistenciais. É um símbolo da solidariedade coletiva dos fiéis que constituem a Ummah, a comunidade islâmica.

4 – RAMADAM: O MÊS DO JEJUM.

Ramadã é o mês sagrado para os muçulmanos, é o tempo de ascese e purificação. É o mês de celebrar o recebimento do Alcorão Sagrado. É tempo de se abster, do nascer ao pôr do sol, de relações sexuais, alimentos e bebidas. Vive-se um tempo de alegria, visitas aos familiares e confraternizações que ocorrem ao anoitecer e seguem até a madrugada.

O mês do Ramadã é o nono mês do calendário lunar islâmico, podendo durar 29 ou 30 dias. O mês é delimitado pela lua crescente. Algumas comunidades muçulmanas começam em datas diferentes. O dia começa antes do nascer do sol com o Suhoor, expressão dada ao café da manhã, podendo ser tomado ou não. Dependendo das orientações da lua e da autoridade religiosa, o Ramadã pode coincidir com o período da Páscoa Judaica e Páscoa Cristã.

5 – HAJJ: IR A MECA AO MENOS UMA VEZ NA VIDA.

É a peregrinação que deve ocorrer até Meca ao menos uma vez na vida pelo muçulmano saudável e que disponha de condições para o feito. É a Casa dos seguidores e submissos de Allá. Atualmente, Meca tem estrutura para acolher até dois milhões de seguidores.

Segundo Geiger (1970), o islamismo deve ser analisado como uma continuidade para os árabes do monoteísmo herdado do judaísmo e do próprio cristianismo. Há uma possível influência de uma ramificação posterior da comunidade corânica e de cristãos ou de árabes monoteístas influenciados pelo judaísmo.

Isso fortalece a tese de que os pilares da fé islâmica têm origem no judaísmo e no cristianismo primitivo (Rabin, 1957) e qualquer reutilização que deles se faça será apenas a interpretação daquilo que originalmente pertenceu a essas tradições, o que é até mesmo reconhecido pelos primeiros exegetas muçulmanos, que não demonstraram qualquer hesitação em reconhecer a origem judaica e cristã em muitos termos religiosos contidos no Alcorão, possibilitando a aproximação pacífica entre judeus, cristãos e muçulmanos.

Sobre isso, é oportuno o discurso do papa João Paulo II, quando proferiu sua fala aos jovens, em Casablanca, Marrocos, em 19 de agosto de

1985. Disse o papa: "Cremos no mesmo Deus, o Deus único, o Deus vivo, o Deus que cria os mundos e leva os mundos à sua perfeição".

Embora se possa afirmar que cristãos, muçulmanos e judeus creem em um mesmo Deus, a forma de conceber sua unicidade é diferente. No judaísmo o monoteísmo é soteriológico e surge no âmbito da Aliança entre Deus e o povo escolhido. No cristianismo, esse monoteísmo é mediado por Jesus Cristo e assumido no seio de uma diferenciação intratrinitária. No Islã, por sua vez, o monoteísmo é ontológico e dogmático, sem ligação direta com uma aliança histórica. A unicidade de Deus está inscrita na natureza original da criação e do ser humano, pois, segundo o Alcorão Sagrado, Surata 7, 172–173, na pré-eternidade já se realizou uma profissão de fé nessa unicidade.

— Professor, o islamismo não é dividido da forma como é no cristianismo e no judaísmo?

— Errado, Bela! O islamismo não é único, há uma dicotomia entre muçulmanos, com duas ramificações:

1. Islamismo xiita: defendem que somente um descendente do Profeta pode assumir o título de califa. São ortodoxos e mais fundamentalistas. Acolhem o Alcorão e Sharia enquanto textos sagrados e rejeitam Suna enquanto texto sagrado.

2. Islamismo sunita: defendem que qualquer pessoa virtuosa da Ummah (comunidade islâmica) pode assumir o título de califa. Acolhem o Alcorão, a Sharia e a Suna enquanto textos sagrados.

Quanto à liderança, o califa é o sucessor do profeta Maomé. O Imam é o líder no culto islâmico e o muezim é a pessoa responsável da mesquita para convidar os fiéis para realizarem as preces diárias. Para isso ele entoa o ADHAN do alto do minarete (torre da mesquita). Quanto à simbologia, destaca-se o hillal, a lua crescente. Quanto às principais celebrações merecem destaque:

1. Muarrã: celebra-se a saída do profeta Maomé de Meca para a Medina, iniciando o ano novo islâmico.

2. Ramadã: é o mês sagrado, tempo de jejum e abstinência.

3. Xabã: é o dia do perdão e reconciliação.

— Importante também, Bela, é a saudação principal do islamismo: "Salaam Aleikum" (Salamaleico), cujo significado é "A paz de Deus esteja sobre você". E a resposta "Alaikum As-Salaam" (Aleicosalam), "Esteja a paz de Deus sobre você também".

Ao se aproximar da casa de Bela, ela avistou sua mãe que chegava do trabalho e saiu em disparada, ambas se abraçaram. Quando me aproximei, Betelza me convidou para entrar, mas segui meu caminho até o ponto de ônibus. Enquanto seguia, Bela saltou em meus braços, me abraçou e disse:

— Salaam Aleikum, professor!

— Alaikum As-Salaam, Bela!

— Hoje minha mãe fará um bolo e guardarei um pedaço pro senhor. Até amanhã, professor, no mesmo horário!

CAMINHO 4

PROCURANDO DEUS NO HINDUÍSMO

Hoje é quarta-feira, dia de lua cheia. Meu pai contava que em noite de lua cheia nada poderia atingi-lo. Dizia ele: "Hoje não tem faca que me corte, nem fogo que me queime...".

A lua estava muito bela... Saí de Blumenau na madrugada e às 5h10 lá estava ainda a lua iluminando meu caminho. Não sei se é efeito da lua ou da amizade com Bela, estou revigorado e com uma disposição que há tempo não sentia.

Hoje no ônibus estava uma mãe com uma criança no colo, acho que a criança estava enferma. Possivelmente a mãe estava levando a criança ao médico. Agora, quando vejo uma criança, logo penso em Bela.

No horário de sempre cheguei na frente da casa mais bela que conheci, a casa cor-de-rosa onde há rosas e minha amiga Bela. Ao chegar sentei na calçada e fiquei esperando minha amiga. Enquanto realizava a leitura das notícias de jornais, fui interrompido por Betelza.

— Entre, professor! Bela está à sua espera para tomar café.

Betelza estava usando um casaco de lã cor-de-rosa em pleno verão, suas mãos tremiam...

— Tudo bem contigo, dona Betelza?

— Acho que estou gripada.

Toquei em suas mãos, tinha febre...

— Tem dores no corpo?

— Sim!

— Atualmente pode ser gripe, covid ou dengue...

Enquanto tentava fazer o diagnóstico de Betelza, Bela apareceu na porta de sua casa, saltou em meus braços e beijou meu rosto.

— Minha mãe está doente e não conseguiu fazer o bolo, mas eu fiz... Gosta de bolo de cenoura?

— Gosto apenas do bolo que as filósofas fazem.

— Mas o meu é melhor!

— Então você é filósofa.

Entramos na casinha cor-de-rosa... Na sala pequena um sofá, quadros na parede pintados por criança de pré-escola e algumas fotos de Bela. No canto da sala um vaso com flores. Não havia televisão. Na cozinha uma pequena mesa com duas cadeiras, um fogão e uma geladeira. O chão brilhava e sobre a geladeira havia uma elefanta com vestido cor-de-rosa.

— Vem ver meu quarto — disse Bela.

— Não podemos nos atrasar, Bela!

Enquanto Bela irradiava alegria com minha presença, eu irradiava emoção e Betelza tremia... Quando Bela colocou o bolo sobre a mesa, Betelza não se conteve, saiu correndo para o banheiro devido ao excesso de náuseas.

Ainda com receio de ser invasivo na intimidade de mãe e filha, me deliciei com o bolo, mesmo sendo impedido por orientações médicas, devido à alta taxa de glicose em meu sangue.

Enquanto terminava a xícara de café, Betelza saiu do banheiro e foi direto para o quarto. Enquanto eu lavava a louça do café, Bela escovava os dentes. E antes de sair perguntei a Betelza se eu poderia fazer algo por ela.

— Não se preocupe, ficarei bem!

Quando estávamos saindo ouvi barulhos de vômitos vindos do quarto de Betelza. Ao entrar no quarto, ela estava no chão semidesmaiada.

— Bela, hoje não vamos à escola, vamos levar sua mãe em um pronto-socorro.

Avisei a direção da escola sobre minha ausência e chamei um motorista de aplicativo. Tomei a liberdade de pegar uma toalha para limpar Betelza, coloquei um cobertor sobre suas costas e a coloquei deitada no sofá da sala enquanto aguardávamos o motorista. Nesse momento Bela ficou triste, abraçou sua mãe e começou a chorar...

Logo que o motorista chegou, carreguei Betelza até o carro e fomos ao pronto-socorro. Enquanto Bela e eu aguardávamos na portaria, uma enfermeira avisou que seria demorado e que Betelza ficaria sob observação por oito horas.

Na portaria do hospital procurei acalmar Bela, dizendo que sua mãe ficaria bem. Podia ser gripe, dengue ou covid. Bela perguntou se havia possibilidade de ser as três coisas.

— Vamos aguardar, Bela! Se forem as três coisas, então sua mãe é portadora de uma Trindade do mal.

Depois disso, ficamos em silêncio, que foi interrompido com uma pergunta.

— E o quarto caminho, professor?

— Quer ouvir mesmo?

— Hoje temos bastante tempo.

— Então tá!

Nos três caminhos que mostrei, conhecemos as experiências religiosas e teológicas e/ou a procura por Deus no judaísmo, cristianismo e islamismo. Essas religiões percorrem um caminho de dentro para fora, de forma horizontal e vertical. Foram buscas e definições que resultaram em convergências e divergências. Nestas, Deus é Um e Único, tem um nome, é distante e ao mesmo tempo próximo. Entre as convergências identifica-se um Deus com infinitas interpretações.

Cada leitor dos textos sagrados, seja vinculado ou não ao judaísmo, cristianismo ou islamismo, a partir do contexto vital em que está inserido, com sua economia, situação geográfica, política, social e cultural, poderá fazer uma interpretação, podendo resultar em novas compreensões sobre Deus, resultando em escolas teológicas ou comunidades de fé, resultando em conflitos ou comunhão.

A partir das interpretações teológicas pode ser feita uma releitura de Textos Sagrados para justificar guerras, fogueiras, inquisições, xenofobias, homofobias e outros males que há no humano e que nada têm de Deus. Ainda, as interpretações podem resultar também em amorosidade, altruísmo, sustentabilidade, comunhão, fraternidade, direitos humanos, justiça social e coexistência.

No Ocidente há uma "Teologia em Si", na qual o humano busca e atinge seu objeto na medida exata em que este se revela. Daí procede a contextualização teológica e os procedimentos hermenêuticos. No Oriente, há uma "Teologia em Nós", na qual o humano busca e expressa aquilo que alcançou mediante experiência com o Mistério e seus procedimentos hermenêuticos.

Ao tratar do hinduísmo, budismo, xintoísmo e taoísmo, mais oportuno será o *auditus fidei* para o *intellectus fidei*, ou seja, vamos ouvir antes e pensar depois o percurso trilhado por essas tradições para iniciar a procura por Deus. Assim, o caminho a ser percorrido para a procura de Deus é inverso, buscar Deus no próprio humano. É na interioridade que está o Mistério. É um caminho talvez mais difícil de ser percorrido. É no encontro com o eu que Deus pode ser encontrado, sinal de que não há necessidade de sair do planeta para experimentar Deus.

Ao conceituar o verbo "procurar" não podemos ficar limitados às orientações de uma determinada tradição religiosa. Aqui ampliamos a ideia de Teologia enquanto estudo de Deus ou da Revelação de Deus, para afirmar que Teologia é a procura pelo absoluto na própria existência e/ou busca por Deus. Sartre (1978, p. 5) já havia orientado: "A existência precede a essência".

— Bela, para entender o hinduísmo é necessário compreender o conceito de "verdades eternas".

— Como é isso, professor?

— Na Índia antiga, aproximadamente há cinco mil anos, viviam os arianos ou indo-arianos e tinham como experiência religiosa a Ária Dharma, ou religião dos Arianos. Também era definida por Manava Dharma ou Religião do Homem. Ainda, há a expressão "Sanatana Dharma" ou "a Religião Eterna". Os persas chamavam os arianos de povos do Hindu e a religião destes de Religião dos Hindus. Daí resultou a expressão "hinduísmo".

No hinduísmo não há um personagem protagonista como encontramos no judaísmo, cristianismo e islamismo. Enquanto religião eterna, o hinduísmo tem como fundamento as "Verdades Eternas" ou "Verdades Sagradas", definidas por diversos sábios anônimos, pessoas iluminadas que fizeram o caminho para procurar Deus e/ou teólogos.

Por muito tempo essas "Verdades Eternas" foram preservadas pela tradição oral e ensinadas pelos sábios, pessoas que falavam mais pelo exemplo do que por palavras. A fonte das "verdades eternas" são sábios desconhecidos e reconhecidos pela tradição. Devido à moral ilibada, eram considerados sábios ou aqueles que encontraram Deus. Essas "Verdades Eternas" são definidas por "Vedas", devido ao trabalho de um sábio hindu chamado de Krishna Dvaipayana Vyasa, que decidiu transcrever os grandes ensinamentos recebidos de sábios que o antecederam.

Desse trabalho resultou o livro mais sagrado no hinduísmo, o Livro dos Vedas, dividido em quatro partes: Rig-Veda, Sama-Veda, Yajur-Veda e Atharva-Veda.

Como gesto de gratidão pelo trabalho realizado por Krishna, ele passou a ser chamado pelos hindus de Veda Vyasa. Anualmente, os hindus celebram o aniversário desse sábio, é o dia do guru ou professor Vyasa.

Quanto à origem do povo hindu, é bem mais antiga que o hinduísmo, é marcada por dois períodos históricos da Índia antiga: o período harappeano e o védico. No período harappeano (aproximadamente entre 3300 e 1700 a.C.), chegaram a desenvolver a metalurgia e a arte em cerâmica. Nas cidades havia uma organização social, política, econômica e religiosa. No período védico (aproximadamente entre 1750 e 500 a.C.), foi gestado o hinduísmo.

No hinduísmo, a vida é um processo de sucessivas reencarnações. Cada reencarnação pode gerar um humano mais humano, mais capaz, completo, ético, consciente e livre.

Haverá um momento em que não será mais necessária uma nova reencarnação porque o humano atingiu o ápice do hinduísmo, a Moksha, o estágio da libertação. Porém, antes da experiência espiritual da Moksha e/ou santidade na linguagem cristã, cada humano tem uma razão de ser, cada vida tem um sentido. Ninguém nasce para sofrer, a felicidade é a vida. E para que isso aconteça o hindu tem plena consciência das dimensões da Kama, Artha e Dharma para um dia concretizar em seu ser a realidade da Moksha.

Quanto à KAMA, o humano é por excelência um ser do prazer, o que para o catolicismo foi definido por "pecado", caminho para eventuais impurezas. No hinduísmo, Kamadeva é uma ação sagrada que estimula o humano a vivenciar o prazer. Kama está relacionada à dimensão do amor enquanto Eros e/ou sexual. Kama é o sentimento profundo da erótica, a vontade de dar e receber carinho ao mesmo tempo.

Kamadeva é divino, define a erótica enquanto sagrada, bela e parte do humano. Sem o Eros, o humano torna-se fonte de traumas, incompleto, triste, podendo passar a vida em conflitos diversos e sendo causa de conflitos. Ainda, na solidão o humano pode substituir o vazio pelo poder, ganância e outras vaidades.

Sobre a ARTHA, devemos ter em mente que na vida temos que ter o necessário para própria subsistência. A Artha não pode ser entendida enquanto meio de estímulo ao capitalismo, mas enquanto dimensão sagrada, parte da vida, que propicia o bem-estar. As principais causas do sofrimento humano estão relacionadas à falta do imprescindível para a vida. Assim, as atividades profissionais e/ou laborais estão ligadas à religião, recebendo estímulos e valorização.

Quanto à DHARMA, devemos entender que no percurso histórico de cada humano, seja nas relações sociais e vida familiar, cada um tem suas próprias obrigações. Quando criança, deveres de criança; quando adolescente, deveres de adolescente; quando adulto, deveres de adulto; e, quando idoso, deveres de idoso. Cada um tem um sentido próprio.

A vida não é um vazio inútil. Cada humano tem o seu valor, independentemente da faixa etária ou gênero. Cada humano é único, com suas habilidades e competências. A palavra Dharma pode ser definida por "missão do eu" e/ou "a identidade de cada humano no Cosmo". O Dharma é o nascimento dentro do espaço e tempo. Pelo Dharma explica-se e justifica-se a classe social na qual o humano está.

Assim, aquele que nasceu nas instâncias do poder tem o dever de saber governar e legislar partindo do princípio de que Brahma é perfeito e justo. O agricultor tem a função pré-estabelecida de cultivar a terra, e o sacerdote de aprender e viver os rituais, sem desejar o poder.

Entretanto, isso pode ser interpretado, sem os princípios básicos do hinduísmo, enquanto feudalismo ou conformismo ou legitimação do poder através da religião, como ocorreu com o "culto aos imperadores romanos" implantado no governo de Otávio, o Augustus (27 a.C.–14 d.C.). Ainda, pode legitimar poderes a exemplo da monarquia no Estado do Vaticano, na qual o sucessor do apóstolo Pedro também exerce o governo.

No hinduísmo todo humano tem um "dever ser", muito próximo do imperativo categórico de Immanuel Kant (1724–1804). Cada um cumpre sua função pelo bem de todo um sistema cósmico, cada um tem o seu karma, isto é, um agir que pode possibilitar a evolução ou o declínio do humano.

E, no final da vida, esperada pelo hindu, a MOKSHA, a qual ensina que o hindu confia na possibilidade de um dia atingir um nível espiritual superior a ponto de dispensar a realidade material, sendo, a partir dessa experiência, desnecessária a reencarnação. No budismo é a experiência do Nirvana, enquanto no hinduísmo é a Moksha, porém não há outro caminho para a liberdade a não ser a própria existência. Assim, Kama, Artha e Dharma são instrumentos ou caminhos para a Moksha.

— Professor, eu ouvi na aula de Ensino Religioso que lá na Índia tem as castas.

— Tem as castas, o karma e o samsara.

No hinduísmo tudo está inter-relacionado e/ou cada ser vivo e cada objeto existente está conectado. Independentemente do tamanho ou lugar que ocupe na imensidão do universo, nada deixa de ser parte de um todo, cada um com uma identidade própria, cada um com sua importância.

O âmago da teologia hindu é o "dever ser", uma vida de acordo com a moral e a lei para o processo de libertação no ciclo de reencarnações. A vida tem uma organização lógica, quase matemática.

Logo, a experiência religiosa hindu fortalece a tese da predestinação ou Dharma, no qual tudo está determinado, inclusive a possibilidade do humano evoluir até um determinado limite, isto é, a iluminação, o que na perspectiva cristã seria a santidade, ou perfeição segundo o islamismo.

Quanto ao KARMA, é o agir ou fazer. É a ação do humano a partir do seu próprio Dharma. Incluindo outras experiências vitais do ser humano, o sistema cósmico reage, definindo o que cada um passa a ser. Na teologia hindu podemos identificar três conceitos de Karma:

1. Sanchita Karma: nas experiências vitais do passado, as ações positivas e negativas são preservadas no humano e repercutem no presente, assim como repercutirão no futuro, definindo sua real identidade.

2. Agami Karma: em cada ação há uma reação. Passado, presente e futuro estão interligados. O que plantei, colho e colherei. Assim, ações positivas e negativas surtem efeitos no humano.

3. Prarabdha Karma: é o que o humano é no tempo presente. É o humano como ele é e está na existência, isto é, é o ser livre, aberto à transcendência. É o efeito das ações passadas, é o ponto de partida para evoluir ou não.

Quanto ao SAMSARA, é o ciclo da vida. Pelo conceito de Dharma e Karma, o humano é parte de um sistema que envolve nascimento, vida, morte e renascimento.

Enquanto estiver apegado ao prazer e à matéria, o humano acumula karmas, permanece na imaturidade. Para atingir a libertação e/ou a maturidade, para migrar do Samsara para a iluminação faz-se necessária a intervenção de Shiva, o Senhor dos Crematórios, o sopro da vida. Shiva "é aquele que vem em auxílio de nossa fraqueza", é a mesma imagem do Espírito Santo do cristianismo. É Shiva que desce no mais profundo da existência humana, é Ele que liberta o humano das trevas para Brahma, a luz.

— O senhor tem algum exemplo de castas?

— Não há um número definido das castas no hinduísmo, Bela. O que se sabe é que são milhares ou como as estrelas do céu. Na história da Índia, antes de 1947, ano da independência política, foram delimitadas quatro castas.

1. Brahmanes: os iluminados; era uma minoria, uma classe social formada por intelectuais, sábios e sacerdotes.

2. Kshatriyas: os braços de Brahma; eram os políticos e militares, que deveriam seguir as orientações dos brahmanes.

3. Vaishyas: as coxas de Brahma, cuja função era cultivar a agricultura e desenvolver o comércio.

4. Sudras: a classe predominante, constituída de artesãos, pequenos camponeses e operários. Além das castas, há ainda os Dalits, os intocáveis. São os que violaram o sistema de castas em vidas passadas. São aqueles que exercem atividades como limpeza de esgoto, lixo e manejo dos mortos.

— Professor, Ghandi era de qual casta?

Mahatma Gandhi nasceu em 1869, quando a Índia já era colônia da Inglaterra. Sua casta era a dos Vaishyas, dedicada ao comércio. Em 1891, Gandhi foi a Londres, onde se graduou em Direito. Em 1893 foi à África do Sul, onde viu os horrores sofridos pelo povo hindu, como perseguição e preconceitos. Aprofundou os estudos sobre o hinduísmo, analisou o cristianismo e o islamismo. Em 1884, já na Índia, ingressou na política, passando a fazer oposição ao sistema político que oprimia os indianos. Em 1908, ele publicou o livro *Autonomia indiana*, no qual questiona os valores ocidentais.

Com o final da Primeira Guerra Mundial, em 1917, fortaleceu o movimento nacionalista através da participação ativa no Partido do Congresso Nacional Indiano, cujo objetivo era a independência da Índia, a democracia, a igualdade política entre os Estados, a tolerância religiosa entre hinduísmo e islamismo, as reformas econômicas necessárias na

Índia e o fim do sistema de castas. Gandhi foi o Vaishya que se fez Dalit, visto que era comum encontrá-lo lavando latrinas, dando o exemplo aos seus seguidores.

Em 1922, na greve contra o aumento de impostos, Gandhi reuniu milhares de pessoas. Na oportunidade, ele foi acusado de danificar o patrimônio público, sendo processado e condenado a seis anos de prisão. Em 1924, foi libertado, se afastou do ativismo político, passando a dedicar-se ainda mais à meditação.

Em 1930, organizou e liderou a "Marcha para o Mar" ou "Marcha para o Sal", percorrendo mais de 300 quilômetros, sendo acompanhado por milhares de pessoas para protestar contra a dominação inglesa e os sucessivos aumentos de impostos, entre eles o imposto do sal. Em seus discursos, Gandhi dizia: "Vamos buscar o sal...". Além de enfrentar de forma pacífica o problema político, Gandhi enfrentou o problema político religioso, talvez o mais violento da história da Índia.

Gandhi defendia a tolerância religiosa entre hinduísmo e islamismo, mas Mohammed Ali Jinnuah projetou a instalação de um Estado muçulmano na Índia, que resultou em intensos conflitos.

Em 1932, Gandhi chamou a atenção da comunidade internacional pela greve de fome, exigindo a retirada imediata dos ingleses da Índia. Em 1942, foi preso mais uma vez.

Em 1947, os ingleses reconheceram a independência da Índia, mas preservaram sua dependência econômica. A seguir, os conflitos entre seguidores do hinduísmo e do islamismo se espalharam por toda a Índia, resultando na aprovação do cisma entre Índia hindu e Índia islâmica, onde está o atual Paquistão.

Um desses conflitos ocasionou o assassinato de Gandhi em 30 de janeiro de 1948, tendo como autor um brâmane fundamentalista que refutava o diálogo inter-religioso entre hinduísmo e islamismo.

A filosofia de Gandhi resultou na conquista de direitos sem violência. Para ele a libertação humana era possível pela meditação e o jejum, instrumentos viáveis para o domínio dos sentidos e sentimentos.

Segundo Lopez Martinez (2006), Gandhi encontrou a Ahimsa, uma filosofia ou teologia hindu que normatiza o comportamento humano para a não violência, e a SATYAGRAHA, texto sagrado hindu no qual consta que a ausência total do desejo de fazer o mal a qualquer ser vivo é regra de vida.

— Professor, no hinduísmo tem livro sagrado?

No hinduísmo contata-se a existência de um forte vínculo entre filosofia, arte, ciência e a teologia. O humano deve adaptar-se à ordem natural do cosmo, aceitar a vida e a morte, admitindo a ideia de absoluto, infinito e finitude.

A arte hindu vincula os seres existentes e o Cosmo, unificando o material com o espiritual, possibilitando ao humano a visualização do mundo espiritual. Na antiguidade, por volta de 1500 a.C., a arte hindu era esculpida em rochas e/ou regiões montanhosas, delimitando o espaço enquanto sagrado. Ainda, procura comunicar humor, beleza e gosto.

Elgood (2011) ressalta que no templo de Kandariya Mahaveda, século XI, constata-se a presença de imagens carregadas de exuberância erótica, certificando que a Kama e/ou prazer constitui uma dimensão humana sagrada.

Quanto à ciência, proporciona a felicidade suprema e para atingir esse nível é imprescindível a meditação. A consciência deve constituir um único pensamento, capaz de fazer do humano um ser indiferente em relação a tudo o que há no mundo material. É uma experiência em que o humano não alimenta desejo algum.

Até o final do período védico, 500 a.C., era permitido sacrificar animais e comer a carne, mas com o budismo e o jainismo (tradição religiosa originada a partir do hinduísmo) foi introduzido no hinduísmo o princípio da não violência, evitando efeitos para o karma.

Assim, a ideia de coisa ou experiência sagrada no hinduísmo difere de tudo o que encontramos no judaísmo, cristianismo e islamismo, inclusive o conceito de Livro Sagrado.

São sagrados porque estão relacionados com o humano e a própria natureza. Quando algo é definido enquanto sagrado, automaticamente há a delimitação de um sistema de normas punitivas. Por exemplo, aquele que maltratar um animal poderá ser submetido ao sistema punitivo religioso. Logo, a dimensão espiritual torna-se fonte jurídica, ponto comum entre as tradições religiosas. Historicamente, nada diferente do judaísmo, cristianismo e islamismo, o hinduísmo produziu uma vasta produção teológica, resultando em seus próprios textos sagrados. São eles: Vedas, Upanissades, Smrits e Bhagavad Gita.

O Livro dos Vedas é o Livro da Sabedoria, um dos mais antigos da literatura teológica, tendo aproximadamente 4.000 anos de existência.

É totalmente vinculado ao transcendente. Disso resulta a dogmática dos Vedas, sua ortodoxia e sistema normativo, isto é, não recebeu qualquer intervenção humana.

A expressão "Veda" significa céu, luz ou sabedoria. Cada Veda, cada ensinamento é separado em dois momentos: o mantra (samhita) e a interpretação (brahmana).

A literatura védica é composta por quatro livros e está dividida em Rig-Veda, Sama-Veda (Sabedoria dos Cânticos), Yajur-Veda (Sabedoria dos Sacrifícios) e Atharva-Veda (Sabedoria dos Sacerdotes).

No livro dos VEDAS está a fonte do conhecimento teológico, filosófico, antropológico e medicinal do hinduísmo, no qual tudo está integrado. Humano, Deus e Natureza formam um corpo cósmico. No texto são inúmeros os rituais, que revelam a intimidade entre humano, divindade e natureza. Por meio de hinos e/ou mantras (a mente livre), a finalidade é gerar ao recitador uma vida longa, saudável, próspera e iluminada. O resultado de práticas espirituais a partir de mantras pode propiciar ao praticante, além de uma vida ética, pacífica e feliz, elevar-se à experiência pessoal com o transcendente, Deus, o Único ou Absoluto, aquele que não é criado.

Os hinos ou mantras formam uma grande coletânea extraída dos grandes sábios do hinduísmo, os heróis, personagens iluminados da história e da tradição oral. Muitos eram sacerdotes, mas nem todos. Esses sábios eram aclamados como visionários. Pela iluminação revelaram a verdade ao humano comum. São eles que portam o segredo que conduz o humano a Deus, Único, o não nascido.

O mantra deve ser repetido por várias vezes até a conexão com a energia divina. É a ligação direta com Deus. Há mantra para a limpeza da mente, prosperidade, amor, compaixão etc. Por exemplo: a) Mantra OM: é o som do Uni-Verso, unindo o Humano ao Cosmo; b) Mantra OM Namah Shivaya: é o som da purificação do corpo e da mente; c) OM Ganapataye Namaha: é o som da prosperidade e bem-estar; d) OM Mani Padme Hum: é o som da compaixão, para bloquear que a maldade alheia contamine o recitador do mantra; e) Har Krishna, Hare Rama, Rama Hare: é o som da iluminação, podendo levar o recitador até Deus.

No Rig-Veda é comum a presença de mantras que ressaltam a medicina hindu ou medicina sagrada: "Os médicos, curadores dos humanos curavam com o frio e o calor. Nutriram com o alimento e o livraram da escuridão" (Rig-Veda, 1957, p. 111).

Segundo Keneth Zysk (1985), o Livro Sagrado Rig-Veda faz importante menção às profissões existentes na antiguidade. Entre elas destacam-se o médico, o marceneiro e o sacerdote (Rig-Veda, 1957). Zysk (1985) ainda destaca que a medicina hindu era inseparável da religião.

Quanto à medicina, destacam-se as plantas medicinais e o uso da água enquanto remédio principal ao humano. "A água elimina doenças de qualquer ser vivo... que a água seja seu remédio para o acontecer da sua felicidade" (Rig-Veda, 1957, p. 118).

Outro livro sagrado é o UPANISSADES OU UPANIXADES. Não é possível definir a data correta e nem os autores desse texto sagrado. Provavelmente, foram escritos durante o século XVI a VII a.C., bem antes que a Bíblia Judaica e a Bíblia Cristã. É o livro de invocações. É uma teologia *ad intra*, isto é, em vez de buscar Deus fora do humano, faz o caminho inverso, procura Deus na interioridade, levando ao autoconhecimento. É a busca pela dimensão sagrada que habita em cada humano.

O princípio básico do livro é a realidade intrínseca existente entre o humano e o mundo. A sabedoria proporciona a paz e felicidade, objetivos possíveis, mediante prática da meditação.

As narrativas se dividem em profissões de fé no espírito particular e no espírito universal. São elencados diversos seres, como semideuses, próximo do humano, mas que vivem em sintonia direta com Brahma, o Absoluto, que não é feminino e nem masculino. Os autores sagrados tiveram também grande preocupação com a consciência e a mente humana.

Aqui fica nítida a preocupação com o ego, a interioridade e a espiritualidade. Muito distantes da origem da psicanálise, os hindus estavam muito avançados no processo de busca e entendimento da psique humana. Uma frase muito comum no livro é "No princípio era Água...", o Germe nascido na Água é fonte para Brahma, que sai do "Ovo de Ouro" para ser o Criador do Céu, Terra, Humano... o Germe é um Ovo de Ouro, é brilho, é luz que irradia vida.

Para Shattuck (2001), essa teologia passou a ser dominante a partir do século IV, considerando a nova cosmovisão que apresenta a ideia de unificação de tudo e de todos, muito próxima da ideia de comunhão e consubstancialidade entre imanência e transcendência no cristianismo, algo também semelhante na física quântica. Para a autora o hinduísmo vem evoluindo. Por exemplo, a questão do dote foi sendo extinta enquanto ritual, devido às mudanças sociais. Como no universo, no hinduísmo nada é estático, tudo é reinterpretado a partir das Escrituras védicas.

Seguindo uma prática semelhante do judaísmo, cristianismo e islamismo, há muitas interpretações e reinterpretações dos textos sagrados. Há procedimentos hermenêuticos e há o perigo do fundamentalismo. Ora interpretam-se os textos sagrados, ora repete-se ao pé da letra, sem qualquer contextualização. É o grande perigo de ler o texto fora do contexto com pretextos militares, políticos e econômicos.

Seja qual for o texto sagrado, pode ser feita uma leitura para a paz, cuja finalidade é o crescimento espiritual, podendo fazer um ser humano melhor, mais voltado para o bem-estar humano; porém, podem ocorrer leituras e interpretações tendo por objetivo a preservação ou busca do poder, legitimando barbáries, o que foi demasiadamente utilizado no processo de conquistas de territórios onde estavam culturas milenares.

Outro texto muito importante no hinduísmo é o SMRITS OU CÓDIGO DE MANU. Manu, segundo a ortodoxia hinduísta, é o filho de Brahma e o grande legislador. Foi, a exemplo de Moisés, o mediador entre o Absoluto e o Humano. Foi através de Manu que o livro da lei hindu chegou e foi revelado à humanidade. O texto é do período védico (1750–500 a.C.) e constitui um sistema normativo civil e penal com o intuito de evitar o caos social, religioso e moral.

Segundo Garcia-Gallo (1972), o Código de Manu normatiza o agir humano com relação ao dever ser social e religioso, tendo enquanto princípio o Dharma, isto é, as obrigações naturais que cada humano membro de uma das castas deve realizar durante a vida. Logo, o determinismo e/ou teologia da predestinação é bem mais antigo que o discurso teológico cristão no contexto do protestantismo do século XVI, que resultou em grandes debates entre católicos e protestantes.

Ainda, segundo Garcia-Gallo (1972), o Smrits tem uma estrutura lógica, composta por doze livros, que por pesquisa merecem melhor aprofundamento, sempre via paralelo com o Livro do Gênesis, texto estruturado durante o exílio da Babilônia no ano 587 a.C., isto é, posterior ao período védico.

O Livro I dos Smrits, a exemplo do Livro do Gênesis (disponível na Bíblia Judaica e Bíblia Cristã), começa com a justificativa ou fundamentação para a origem da vida, sinal de que Filosofia, Ciência e Religião estavam unidas.

Se os hebreus, com a mitologia, procuraram fundamentar a origem do planeta Terra e da vida, os hindus fundamentaram a origem do Universo, os dois lados da existência. Fizeram uso da expressão "Cosmo", muito além da ideia de origem de Mundo ou Terra, expressões clássicas do Gênesis. Se no Gênesis encontramos a narrativa "No princípio Deus criou o Céu e a Terra... a Terra estava vazia e vaga, as trevas cobriam o abismo e o Espírito pairava sobre as águas... Deus disse haja luz e houve luz... após criar tudo, Deus disse: façamos o homem, homem e mulher os criou..." (narrativa da Fonte Javista de Gênesis 1, disponível na Bíblia Judaica e Bíblia Cristã) ou "No tempo em que Deus fez a Terra e o Céu, não havia nenhum arbusto... Deus fez chover nos campos... Deus modelou o homem com argila... e da costela do homem, Deus fez a mulher..." (narrativa da Fonte Eloísta de Gênesis 4, disponível na Bíblia Judaica e Bíblia Cristã), no Código de Manu, "Tudo era silêncio e escuridão...".

Na narrativa sagrada hindu, a partir do silêncio, Brahma, que não tinha forma (espírito e/ou mistério), fez surgir as águas cósmicas e nela depositou uma semente... Com o tempo a semente gerou o "Ovo Dourado", e Brahma (que não tinha forma, foi gerado, e não criado) se revela com pele vermelha, quatro braços, quatro cabeças e oito olhos voltados para os quatro cantos do universo... Ficou um ano cósmico no "Ovo Dourado". Quando o Ovo se quebrou, a casca se tornou a esfera celeste e o interior, a terrestre. Brahma deu forma à esfera celeste... Brahma integrou a Trimurti, uma espécie de união hipostática, pericorética e/ou comunhão entre Brahma, Shiva e Vhisnu... Brahma criou uma filha do próprio corpo, dando origem a Manu, o primeiro homem.

No Livro II dos Smrits, são relatadas as regras de condutas aos Brahmanes e descendentes. É a mais alta classe social, política e religiosa no hinduísmo.

O Livro III dos Smrits são regras ao proprietário de uma casa, alguém de posse. É um sistema normativo para esfera familiar. Enfatiza em demasia o "pátrio poder", o poder do homem.

O Livro IV dos Smrits novamente enfatiza o instituto jurídico do "pátrio poder", além de estabelecer uma moral doméstica, delimitando as normas do casamento e rituais a serem praticados no âmbito familiar.

O Livro V dos Smrits é dedicado às mulheres e normatiza a submissão do feminino ao masculino, devendo a esposa obedecer em tudo ao esposo. Ainda, ressalta a importância do trabalho e rituais de purificação da mente e corpo no ambiente doméstico.

No Livro VI dos Smrits surgem outros dois grupos de pessoas, os ascetas e os anacoretas. Os primeiros são pessoas iluminadas que se entregam a práticas religiosas e/ou à espiritualidade, mediante meditação, contemplação e mortificação. E os anacoretas são os que vivem na solidão, dedicando-se à meditação em busca da iluminação, a denominada Moksha. Devido à iluminação, são sábios e intérpretes da verdade, podendo prescrever as regras aos brahmanes.

No Livro VII dos Smrits tem-se o dever ser das autoridades e funcionários do Estado. Normatiza as atividades do governante, dos militares e cobradores de impostos. Logo, por vontade divina, regulamenta o direto do Estado tributar e o dever de a sociedade não sonegar.

Livro VIII dos Smrits: se do Livro primeiro ao sétimo, o direito material é estruturado, o Livro VIII expressa o direito formal. É um Código de Processo Civil e Penal, revelando como a Lei deve ser praticada. Há, ainda, um procedimento hermenêutico, isto é, determina quem tem poder para interpretar, fiscalizar e aplicar a lei.

O Livro IX dos Smrits retoma o direito material, porém na esfera penal. É o Direito Penal hindu. Estabelece as normas penais, define os crimes e penalidades, sempre partindo do princípio de que qualquer norma é uma determinação sagrada, tendo como fonte o Absoluto, a vontade de Deus.

O Livro X dos Smrits é uma continuação do Livro IX, sinal de que outras normas foram sendo instituídas no decorrer do tempo e outras sendo contextualizadas, demonstrando o dinamismo do Direito Hindu. Ainda, tanto no Livro IX quanto no Livro X, a lei penal não é a mesma para as diferentes "castas". Há uma interpretação da lei para cada casta e seus descendentes.

O Livro XI dos Smrits é o que estabelece as bases de uma teologia moral; apresenta o conceito e lista de "pecados", separando a expressão "pecado" de "crimes". O crime deve ser punido, mas o "pecado" pode ser expiado, revelando o mesmo princípio da compaixão, do perdão e da reconciliação entre humano e humano e humano e divindade. Ainda, especifica os rituais de expiação, sempre relacionados com a água, o grande remédio que cura e purifica o humano.

No Livro XII dos Smrits fica visível uma escatologia, a narrativa sobre a vida após a morte, muito ligada à teologia da retribuição, podendo ser revertida em punição ou processo de purificação da alma para o tão esperado retorno ao Absoluto, ao coração de Brahma e/ou comunhão eterna com a força cósmica do Universo.

Além do Livro dos Vedas, Upanissades e o Código de Manu, há o BHAGAVAD GITA. É datado do século IV a.C. Relata a sabedoria de Krishna. É um texto muito usado para fins de meditação ou práticas ióguicas. Transmite o conhecimento do ser e orientações para o agir humano. Os personagens principais são Krishna e Arjuna. O primeiro, totalmente iluminado e sábio, conversa com Arjuna, o guerreiro. Em 70 versos, Krishna impulsiona Arjuna a cumprir o seu dever ser de guerreiro. Mas Arjuna vive o dilema de lutar ou fugir da guerra para preservar a paz. É o dilema humano universal. Enfrentar os obstáculos praticando nossos desejos ou optar pelo silêncio e paz.

O objetivo do Gita é auxiliar o humano a romper com a escuridão e a ignorância para reencarnar para a libertação espiritual. Pelo Gita, purifica-se o corpo, a mente e o intelecto para atingir a autodisciplina, austeridade, honestidade, o desapego, autocontrole e a sabedoria.

Já passava do meio-dia, Bela e eu conversando sobre hinduísmo e nada de notícias de Betelza.

— Vamos almoçar, Bela? Deve ter algum restaurante por aqui.

Entramos no restaurante chamado "Divino Fogão", onde saboreamos uma deliciosa feijoada. Bela comeu e repetiu. E na hora da sobremesa Bela pegou um pedaço de bolo de cenoura para mim. Lembrei de minha glicose.

— Bela, esse bolo não foi feito por filósofa, vou dispensar essa sobremesa e optar pela laranja.

Enquanto nos deliciávamos com a sobremesa, Bela perguntou:

— Professor, tem muitos deuses no hinduísmo?

— Bela, Deus é apenas um, o Ab-Soluto. No hinduísmo há diversas interpretações sobre a real identidade de Deus. No hinduísmo primitivo constata-se um monismo religioso. Deus é Brahma, o Criador, mas sempre está em relação e/ou em comunhão com Vishnu (a preservação) e Shiva (a transformação).

Para Hans Küng (2005), no hinduísmo, Deus é Trindade. É um corpo com três cabeças, revelando a unidade na Trindade. Brahma, Vishnu e Shiva são os três eternos que vivem em pericorese e/ou comunhão.

— Bela, sobre a geladeira de sua casa tem o quê?

— Uma elefanta fofinha! Foi minha madrinha que me deu. A madrinha disse que o nome dela é Ganesha. Nunca entendi esse nome.

— Ganesha é aquele que tem corpo humano e cabeça de elefante. É mais uma definição de Deus no hinduísmo.

Segundo Wilkinson (2002), há 91 interpretações sobre Ganesha. Da mesma forma que no cristianismo, no qual pessoas fazem a interpretação, sempre vinculadas com alguma espécie de poder, afirmando Deus como aquele que gosta de incenso, músicas, louvores, procissões, castigos, fogueiras, torturas, guerras, genocídios e ecocídios ou aqueles que recepcionam Deus enquanto amor, libertador, comunhão, fraternidade, aquele que ouve o grito do seu povo e desce para estender a mão, ou Deus é aquele que se identifica com o "Pai do Filho Pródigo..." (Evangelho de Lucas 15, disponível na Bíblia Cristã), que respeita a liberdade do filho, mas fica todos os dias à beira da estrada... e, quando o filho volta quase morto, ressuscita o filho, pega o "cordeiro pascal" que deveria ser ofertado a Deus e faz uma grande festa.

No hinduísmo não é nada diferente. Deus é interpretado e reinterpretado. Sobre Ganesha, a interpretação mais convincente o define como aquele que remove obstáculos. O elefante é grande e forte, mas usa um rato para o movimento, serve-se do insignificante, do humano. Ganesha identifica-se com Shiva (o transformador).

Ainda, culturalmente, Ganesha está relacionado com a domesticação dos elefantes que foram utilizados na agricultura hindu, unindo humanos e elefantes na produção agrícola e prosperidade. Onde há produção agrícola, há armazenamento e ratos. Ganesha não seria outro Deus, mas outra interpretação de Deus. Seria como Nossa Senhora no catolicismo popular na América Latina. São poucos, até entre os sacerdotes católicos, aqueles que saberiam explicar o sistema pericorético e consubstancial existente na Trindade Cristã, porém aclamam com facilidade a figura de Nossa Senhora enquanto protetora, rainha do céu, santa milagrosa, intercessora, medianeira, aquela que transforma, protege etc.

No hinduísmo, Ganesha é uma interpretação popular de Deus e muito vinculada ao ambiente agrícola. A teologia hindu é marcada pela forte relação com a natureza, principalmente com as imagens de montanhas e rios. A primeira é onde Deus habita. É da montanha que vem a água, que se formam os rios, a fonte da vida.

Ainda, cada hindu, além de experimentar Deus Trindade, carrega algo muito próximo ao devocionismo popular do cristianismo católico. Em vez de prestar culto ao anjo ou santo, o teísta hindu presta culto às variadas manifestações de Deus Brahma, Vishnu e Shiva, que recebem outras denominações. Entre elas destacam-se Ganesha (O transformador), Krishna (O iluminado), Murugan (A bondade), Dhanvantari (A saúde ou cura), Darshan (A visão), Sarasvati (A sabedoria) e Lakshmi (A beleza). Dessa forma, o hinduísmo revela que Deus está em tudo e em todos, é infinito, onipresente e onisciente.

— Que Ganesha remova a Trindade do mal de minha mãe.

— Que assim seja! Ah, outra coisa importante, Bela, é a situação atual do hinduísmo.

No hinduísmo não há um cisma entre vida religiosa e vida civil. Não há o uso da religião como instrumento de poder social, político e econômico. Há uma moral definida, porém, contextualizada, a exemplo do sistema de castas. É fruto de uma época, de um determinado contexto. Os sacrifícios são momentos festivos, nos quais todas as criaturas sagradas participam da grande ceia. Pede-se a Deus a proteção, bênção, saúde e prosperidade, enquanto cada ser humano assume o compromisso de uma vida ética. Frequentando um templo ou não, o ser humano não deixa de ser hindu.

Não é o culto, não são os ritos que fazem de alguém um ser religioso ou não. O hinduísmo é prático, não podendo jamais ser separado da vida. No hinduísmo há duas estruturas, aquela vinculada à natureza e outra à coletividade. A primeira é obra divina, é Deus materializado, por isso deve ser cuidado, preservado e recuperado. Um exemplo é o rio Ganges, que por muito tempo foi poluído, mas para que Deus não deixe a Índia o Ganges deve ser recuperado. A segunda é obra humana, que resulta em ambição, egoísmo e mortes. O ser humano deve entender que é obra divina como os demais seres naturais e sobrenaturais, tendo como dever resgatar sua real identidade.

Segundo Sharttuck (2001), o hinduísmo está muito diferente daquele do passado. Com os avanços científicos e tecnológicos muitos hindus viajaram em peregrinação aos templos principais, leram as escrituras pessoalmente, aprenderam os mitos através de filmes ao invés de aldeões contadores de histórias. Ao mesmo tempo, o mundo moderno criou novos desafios, visto que muitos hindus agora vivem fora da Índia, e a Índia em si está mudando rapidamente.

A urbanização e o crescimento da classe média moderna demonstram que os gurus estão adaptando os ensinamentos para um novo tipo de sociedade. Os hindus da classe média urbana preferem pensar Deus como o Brahma impessoal e fazem menos rituais que os camponeses. Isso também é verdade em relação aos hindus que vivem na Europa e nos Estados Unidos.

O velho sistema de castas está sendo substituído por uma sociedade democrática, e em alguns lugares as mulheres estão se tornando sacerdotisas. Tradições culturais como o dote, que já foi considerado parte da religião, foram afastadas por não se adequarem ao mundo moderno.

O hinduísmo não é único, há um pluralismo religioso com quatro vertentes principais:

1. Hinduísmo Shivanista: surgiu a 200 a.C. Tem Shiva como ser supremo. É mais orientado para a prática da yoga. Esse movimento se desenvolveu como uma amálgama de religiões pré-védicas derivadas do hinduísmo e de filosofias antigas. No próprio shivaísmo há duas outras tradições, o devocional popular e o shivaísmo monista.

2. Hinduísmo Vaishnavista: tem Krishna enquanto realidade suprema, divindade e verdade absoluta. Vhisnu é apenas uma faceta de Krishna, fonte de todas as formas e reencarnações.

3. Hinduísmo Smartista: surgiu no século I. Valoriza o culto doméstico com cinco divindades, todas adoradas como iguais: Ganesha, Shiva, Shakiti, Vhisnu e Suria. É Deus com cinco faces.

4. Hinduísmo Shakitista: a palavra "Shakit" significa "Doutrina da Deusa". Toda a adoração se volta à PAVARTI, a "Divindade Mãe". Shakit é a energia e prakriti é a matéria que vem de PAVARTI.

Quanto à simbologia, destacam-se a suástica, cujo significado é "boa sorte", e o OM, o encontro de três sons que entoam a meditação e os rituais hindus. Quanto às principais celebrações, merecem destaque:

1. DIWALI: é dia de invocar Lakshimi, a prosperidade. É dia de limpar e abrir a casa para que Lakshmi entre na família.

2. NAVRATRI: festival das nove noites. Celebra-se a vitória do positivo sobre o negativo. É um período para despertar a dimensão sagrada no humano.

3. DURGA PUJA: celebra-se o triunfo do bem sobre o mal. DURGA é a esposa de Shiva (PAVARTI).

4. HOLI: é o festival das cores do hinduísmo. É o início da primavera na Índia. É um feriado muito importante e dia de alegria.

Concluindo o almoço, Bela e eu retornamos ao hospital e lá sentamos à espera de notícias de Betelza. Enquanto olhava o smartphone, Bela encostou a cabeça em meus ombros e dormiu. Parecia um Ghandi em meditação. Assisti um filme inteiro no smartphone enquanto Bela fazia seu cochilo. Já passava das 15 horas e em seguida o sistema de som do hospital nos chamou.

— Atenção, pedimos a presença do acompanhante de Betelza. Pedimos a presença do acompanhante de Betelza!

— Acorda, Bela!

Logo, Betelza apareceu, já estava sorridente. Recebeu um abraço da sonolenta Bela.

— É gripe, covid ou dengue, mãe?

— Dengue! Mas já estou melhor!

Naquele instante Betelza fixou seus olhos nos meus, me abraçou e agradeceu pela presença e amizade. Em seguida fomos comer o melhor bolo de cenoura de Brusque na casinha cor-de-rosa.

Enquanto Betelza repousava no quarto, Bela fez e serviu café com bolo. Às 17 horas retornei a Blumenau!

CAMINHO 5

PROCURANDO DEUS NO JAINISMO

Ao descer do ônibus na quinta-feira, às 6h45, fui logo até a casinha cor-de-rosa para buscar Bela, mas Betelza atendeu. Estava bem melhor e vestida como se estivesse pronta para uma festa. Um vestido de seda branco, com detalhes em dourado, seus cabelos encaracolados estavam como alguém que havia passado por um cabeleireiro. Seu olhar estava diferente. Segurou minhas mãos, agradeceu mais uma vez pelo carinho e atenção recebidos no dia anterior. Abraçou-me, beijou meu rosto e deitou a cabeça em meu ombro. Seu perfume doce como mel tomou conta de meu olfato e senti um calafrio que há tempo não sentia.

Segurando minha mão, me conduziu para o interior da casinha cor-de-rosa. Bela estava sentada tomando seu café e vendo a cena de sua mãe segurando minha mão, sorriu. Fui até Bela e beijei sua testa.

— Tudo bem, Bela?

Com a boca cheia de bolo de cenoura, Bela apenas respondeu com um "umum".

Betelza me devorava com os olhos e, com sorriso no rosto, expressou:

— Parecem pai e filha.

Enquanto Bela foi escovar os dentes, Betelza se aproximou, colocou as mãos em meu rosto, fixou seus olhos e beijou meus lábios de forma suave. Senti novamente calafrios, meu coração disparou e fiquei sem palavras.

— Estou pronta, vamos, professor?

Peguei a mão de Bela, mochilas nas costas, seguimos nosso caminho. Bela estava feliz e eu pensativo. Enquanto Bela cantava a música "Aquarela", eu pensava no olhar e no beijo de Betelza. Seu perfume ainda estava em mim.

Após a primeira curva de nosso caminho, Bela viu um passarinho amarelo, um canário, caído ao chão com uma das asas quebrada, e logo pegou o pássaro.

— Coitadinho! Vamos levá-lo, professor!

— Não temos tempo, Bela.

— Então eu levo! Professor, tem alguma religião que cuida dos animais?

— Religião que cuida dos animais?

Pensei, pensei e veio à minha mente o jainismo, uma das experiências religiosas mais ecológicas que conheci. O jainismo tem como princípio a "não violência contra qualquer forma de vida".

— Bela, já ouviu falar em jainismo?

— Jainismo?

— O jainismo é uma religião que não tem Deus.

Você percebeu que no hinduísmo a dimensão do sagrado vai além do templo, sinagoga ou mesquita. Religião e vida social estão interligadas, mas devido à quantidade de textos sagrados e à insatisfação com o sistema normativo da tradição védica e autoridade dos Brahmanes, no século VI a.C. Vardamana, um príncipe do norte da Índia, rompeu com o hinduísmo e deu início ao movimento religioso que seria chamado de jainismo.

Por ter surgido na Índia, o jainismo reproduz muitos preceitos e práticas que se identificam com o hinduísmo e o budismo. Jainismo vem de Jina, cujo significado é "conquistador", título atribuído a Vardamana. Além deste, ele também é chamado de Mahavira, "o grande herói".

Vardamana, de origem nobre, nasceu ao norte de Pataliputra entre 549 e 540, na Índia. Ele é aclamado como o último dos 24 profetas do jainismo. Vivia como nobre, foi casado e teve uma filha. Aos 30 anos abandonou a riqueza, passou a viver o estilo de vida dos "sadhus" indianos, uma espécie de monge, desprovido de qualquer bem material, e iniciou sua peregrinação, prática que se identifica com a de Sidarta Gautama, o Buda.

Os sadhus indianos são sábios, despojados, pobres, humildes e acreditam que o conforto para a angústia humana é possível mediante desapego físico e mental.

Aos 40 anos, Vardamana adquiriu o conhecimento absoluto, um método para extinguir a dor universal, passando a ser Jina, "o vencedor", e Mahavira, "o grande herói", e passando a ser referência para os seus seguidores.

Os princípios básicos do jainismo são AHIMSA (não violência com qualquer forma de vida), SATYA (falar sempre a verdade) e APARIGRAHA, viver sem bens materiais.

Segundo a doutrina jainista, não há revelação divina e nem um criador do céu e da terra. O que há é a "eterna verdade" que os 24 thirtankaras revelaram aos vivos. Vardamana é o 24º profeta.

No jainismo como no hinduísmo há as "verdades eternas". A primeira verdade, segundo Bowker (2010), é que o universo é eterno, sem princípio e fim. É incriado e não sujeito a qualquer ser onipotente. É composto de classes de substâncias em perpétua evolução que se dividem em categorias espirituais e inanimadas. É formado por cinco mundos, sendo cada um habitado por uma espécie diferente uma da outra.

1. SIDDHASHILA: é a morada suprema e habitada pelas siddhas, almas que atingiram a libertação.

2. CÉUS: é a morada de seres celestiais que caminham para a morada suprema.

3. MADHYALOKA: é a morada média. São continentes separados por mares. Ao centro está JAMBUDVIPA, o continente central no qual estão os humanos e almas que podem atingir a libertação.

4. ADHOLOKA: é a morada dos infernos, habitada por seres que são atormentados por demônios.

5. NIGODA: é a base do universo, habitada por inúmeras formas de vida inferiores.

A segunda verdade é o KARMA. É a força misteriosa que brota das ações de acordo com a moral ou brota de atitudes opostas à moral determinando o destino do humano numa existência futura.

O jainismo apresenta o caminho para que a alma fuja da influência do karma. Uma prática comum é o SAMAYIKA, um momento de 48 minutos de silêncio, meditação e ausência de qualquer atividade.

Segundo o jainismo, o atual contexto da humanidade é a era DUKHAM KAL (Infelicidade), a qual começou há 2.500 anos e perdurará até o ano 21000.

A terceira verdade é a TRIRATNA OU TRÊS JOIAS DO JAINISMO. É o caminho ou método de libertação do humano durante a existência. Os seguidores dos 24 tirthankaras têm como objetivo a libertação da alma praticando as "três joias".

1. RETA FÉ: aceitação integral das verdades reveladas por Vardamana, o Mahavira (O profeta). É a adesão do espírito às verdades eternas. A reta fé conduz ao reto conhecimento.

2. RETO CONHECIMENTO: é repousar na onisciência que Vardamana atingiu.

3. RETA CONDUTA: são os preceitos revelados por Vardamana, recolhidos no cânon (texto sagrado).

— É semelhante ao hinduísmo, professor!

— Mas não é hinduísmo e nem budismo.

— Budismo?

— Depois eu explico o que vem a ser budismo. O jainismo é influenciado pelo hinduísmo e pelo budismo. Sidarta Gautama, o Buda, recomendou o "caminho do meio", nem asceta (místico) e nem mundano. No jainismo a ascese é fundamental, a mistagogia é a razão de ser da vida.

No budismo, para atingir o nirvana (o ápice da espiritualidade), é prioridade o conhecimento para ser possível o rompimento com tudo o que impede o humano de evoluir espiritualmente. Para o jainismo, o conhecimento é uma atividade acessória, pois a evolução e libertação do humano ocorre pelo caminho da ascese, da espiritualidade. Quanto ao nirvana, para o jainismo, é um lugar seguro, mas difícil de alcançar.

Outra questão importante: existe o jainismo monástico e o leigo. A primeira comunidade monástica jainista foi constituída pelos 24 tirthankaras (profetas). Destes, destacam-se duas personalidades históricas, os profetas Parsva e Mahavira (Vardamana).

Segundo Bowker (2010), a partir do sétimo aniversário qualquer humano, sem moléstia mental, pode ser monge. O primeiro estágio é o noviciado, no qual o noviço renuncia a todos os seus bens materiais, raspa os cabelos, recebe um novo nome e pronuncia solenemente cinco votos: a) Não matar qualquer ser vivo, b) Falar sempre a verdade, c) Não roubar, d) Não ter posse, e) Viver a castidade absoluta.

Segundo Bowker (2010), os seguidores do jainismo que não são monges são os leigos e seguem os preceitos: a) AHIMSA, é o princípio da não violência, incluindo não comer carne de qualquer tipo de animal, cebola, alho e não usar nada proveniente de qualquer vida animal; b) Não se alimentar após o anoitecer; c) Praticar a caridade com todos os seres vivos; d) Ler sobre as virtudes e feitos dos tirthankaras (profetas); e) Recitar o NVKAR (mantras); f) Fazer oferendas perante as imagens dos 24 profetas.

— O jainismo tem texto sagrado, professor?

— Também tem, Bela! Segundo a doutrina jainista, não há revelação divina e nem um criador do céu e da terra. O que há é a "eterna verdade" que os 24 thirtankaras revelaram aos vivos e que está nos livros considerados sagrados ao jainismo.

1. TATTVARTHA SUTRA: revela o conceito de universo, alma, karma e libertação.

2. AAGAM SUTRA: revela a filosofia e a moral jainista.

3. BHAGAVATI SUTRA: revela a história dos 24 thirtankaras (profetas) e o caminho da virtude.

4. KALPA SUTRA: revela os rituais do jainismo.

5. SAMAM SUTTAM: revela as três joias do jainismo e a importância da meditação.

— Uma coisa não entendi, professor: se é religião, tem que ter Deus?

— Não há um Deus criador do céu e da terra e não há qualquer preocupação com a causa do universo. O universo é eterno, sem princípio e fim. É incriado, sem qualquer influência aristotélica. Assim, podemos afirmar que o jainismo é uma religião sem Deus, mas há 24 referenciais, os thirtankaras, os profetas sagrados.

Todavia, o jainismo não é único, há uma dicotomia. O cisma do jainismo ocorreu no primeiro século, quando os monges se dividiram em Monges Svetambara (Os vestidos de branco) e Monges Digambara (Os vestidos de ar).

1. Jainismo Svetambara: podem ser donos de pequenas coisas como uma veste branca, uma tigela na qual recebem alimentos dos leigos e uma máscara de tecido usada sobre a boca para evitar ingestão e morte de insetos.

2. Jainismo Digambara: são mais rigorosos com os preceitos, não tendo nada de posse, chegam a usar as mãos como recipiente para alimentação.

Quanto à simbologia, destacam-se as imagens dos 24 thirtankaras e a suástica, sinal da presença de Parsva, o sétimo dos profetas. Quanto às principais celebrações merecem destaque:

1. MAHAVIRA JAYANTI: ocorre entre março e abril; celebra-se o nascimento de Mahavira. Imagens são levadas em procissões e no templo ocorre a leitura dos ensinamentos dos profetas.

2. PARYUSHANA: ocorre entre agosto e setembro; celebra-se o perdão e pratica-se o jejum por oito dias.

3. DIVALI: é a festa das luzes, a qual ocorre em outubro e novembro; celebra-se o dia em que Mahavira expressou seus últimos ensinamentos antes da libertação.

Esses eventos revelam ser o jainismo uma religião fortemente vinculada aos direitos humanos, à sustentabilidade, igualdade, fraternidade e solidariedade, fazendo dela uma referência para a coexistência global.

— Gostei muito dessa religião, professor! A única coisa que não gostei é que eles não comem feijoada igual àquela do "Divino Fogão".

— Cuidando do passarinho, você está cumprindo um dos preceitos do jainismo.

Ao chegar na escola, Bela foi até o lixo procurar uma pequena caixa de papelão para colocar o canário. A seguir foi na cozinha falar com Jurema, a cozinheira, para que providenciasse algum pedaço de pão para saciar a fome do pássaro. Logo encontrou uma espécie de tampinha de garrafa para colocar água ao seu novo amiguinho.

Quando cheguei na sala de aula, Bela já havia feito uma pintura na caixa e escrito o nome do pássaro com letras coloridas. O assunto era o passarinho, que já tinha até nome. Seu nome era Fofinho. Chegou 11h30, o sinal tocou e saímos, Bela, Fofinho e eu.

Bela só tinha olhares para Fofinho. Não fez nenhuma pergunta. Falava e cantava para Fofinho. Naquele dia Betelza não foi ao trabalho, devido à dengue. Chegando na casinha cor-de-rosa, lá estava Betelza nos esperando. Não entrei na casinha devido à pressa. Bela beijou a mãe e eu ganhei um beijo de filha que veio de Bela e um beijo que ainda não consigo definir que veio de Betelza.

— Entre, professor? Almoce conosco...

— Fica para outra oportunidade, tenho que ir! Está bem melhor hoje!

— Melhor e feliz!

— Bela, cuide da mamãe e do Fofinho!

— Pode deixar!

Segui meu caminho para não perder o ônibus. Até amanhã!

CAMINHO 6

PROCURANDO DEUS NO BUDISMO

Durante a noite sonhei com Betelza, seu vestido de seda, o calor de suas mãos e a suavidade do beijo não saíam de minha mente. Chegou a sexta-feira, mais um dia em Brusque.

Durante a noite Betelza enviou 23 mensagens, revelando seus mais sinceros sentimentos. Em uma das mensagens dizia que "sou um presente de Deus" em sua vida e na vida de Bela.

Na rodovia, logo de manhã, havia um acidente, o ônibus atrasou. No local onde o ônibus estava não havia wi-fi. Cheguei à escola já eram 8h43. A diretora me entregou um bilhete com as palavras: "Amo você, papai, não esqueça de mim". Era um recadinho de Bela. Em meu smartphone havia outras mensagens de Betelza, preocupada com minha ausência. Expliquei o ocorrido a Betelza e fui para a sala de aula do quarto ano.

No famoso recreio escolar, Bela me viu e veio correndo ao meu encontro, presenteando-me com um dos seus abraços preferidos e pulando em meus braços. Nem bem beijou meu rosto, já foi fazendo suas perguntas.

— Por que não foi lá em casa? Sabia que Fofinho está muito doente? Hoje de manhã ele tremia, mas não estava frio.

Expliquei o ocorrido e Bela ficou aliviada.

— Não some mais, sinto saudades, professor querido!

— Então o Fofinho tremia? Você sabe que quando ele ficar bem ele vai embora.

— Fiz uma casinha pra ele, cuidei dele e acho que ele gostou e não vai embora.

Naquele momento Fofinho e eu estávamos na mesma situação, ambos vinculados ao coração de Bela e Betelza.

Eram 11h25 e Bela já estava com a mochila nas costas, com uma ansiedade incontrolável devido à falta de notícias de Fofinho. Saímos pelo caminho de sempre e Bela caminhava apressadamente.

— Bela, cuidado com a ansiedade, isso não é bom, os pássaros são livres para voar.

— E se colocarmos ele em uma gaiola, professor?

— Que isso!? Você gostaria de ficar em uma gaiola?

— Não!

— Então, continue colocando alimentos pro Fofinho, mas pode ser que um dia ele voe e esqueça o caminho de volta. No budismo há muitos ensinamentos e um deles vale muito pra você neste momento: "busque o caminho do meio", busque o equilíbrio para não cair e chorar.

— Budismo?

— Sim, o budismo é uma das mais antigas experiências religiosas. Sua origem está na região norte da Índia, na aldeia de Kapilavastu, aos pés do Himalaia, situada no reino de Kosala, atualmente Nepal.

Vale ressaltar que no Oriente há uma "Teologia em Nós", na qual o teólogo busca e expressa aquilo que alcançou mediante experiência com o Mistério e seus procedimentos hermenêuticos. Por isso, também é oportuno o *auditus fidei* para o *intellectus fidei*, ou seja, vamos ouvir antes do que pensar no caminho que nos aproxima do Mistério.

Segundo a tradição budista, da infância à juventude, o príncipe Sidarta conheceu apenas riqueza, poder e prazer. Foi superprotegido pela corte de seu pai a ponto de ser proibido de ultrapassar os limites das muralhas do palácio real.

Sidarta viveu até a juventude sem contradições, desconhecendo a dor, a fome e a morte. Seu pai arranjou-lhe uma esposa, com quem teve um filho, para que se apegasse à vida no reino e assumisse a função de sucessor do pai. Família, filhos e o poder não proporcionavam a Sidarta o conceito de felicidade.

Ainda na juventude, o príncipe, consciente de seu despertar e/ou libertar-se de tudo que se passou desde o infinito, transmitiu aos seus discípulos a história das vidas anteriores do próprio Buda e/ou a Cosmogonia búdica, que segundo a profissão de fé budista constitui um dogma.

— Cosmologia búdica, professor?

No budismo há um livro sagrado chamado de "Tripitaka". A segunda parte é intitulada de "Sutra", que contempla a história e fundamentação do budismo. Pode ser entendido enquanto conjunto de lendas, nada diferente das narrativas sobre prodígios e milagres dos personagens bíblicos, a exemplo dos milagres de Jesus narrados nos Evangelhos ou origem do mundo no Gênesis (disponíveis na Bíblia Cristã).

No Sutra, não é possível delimitar o que é mito, lenda e história, porém, tratando-se de teologia, a linguagem transcende à razão, o *auditus fidei* e/ou escuta da fé torna-se regra fundamental.

Segundo Huai-Chin (1999), o Sutra menciona que o Universo é infinito e contempla inúmeros mundos, tendo uma montanha-eixo denominada de Sumeru.

Em torno de Sumeru giram o Sol, a Lua e outros astros. Todo o conjunto apresenta uma forma de cilindro ou quando visto de cima é semelhante um disco (interessante que a narrativa datada antes de Cristo contempla uma cosmogonia na qual o mundo é esférico e o sistema é geocêntrico, enquanto no Ocidente, até o século XV, o mundo era quadrado, e os que discordassem, a exemplo de Giordano Bruno e Galileu Galilei, em vez de serem aclamados enquanto iluminados, foram processados, julgados e condenados, em nome de Deus, à fogueira em praça pública).

Na periferia do Sumeru há uma cadeia de montanhas que faz limite com o oceano. Entre essas montanhas exteriores e o monte Sumeru se acham sete cadeias de montanhas separadas por mares, onde há ilhas, o ambiente onde habitam os humanos.

A estrutura cósmica é composta por três planos. O primeiro é o "plano sem forma", ambiente do pensamento puro e das Devas, as criaturas puras, que na teologia cristã podem ser equiparadas ao conceito ocidental de "pneuma ou espírito".

O segundo é o "plano com formas", ambiente das Devas com corpos e livres do desejo, semelhante ao conceito ocidental de "anguelós ou anjo".

O terceiro é o "plano do desejo", ambiente onde vivem as Devas do desejo, que podem ser equiparadas aos santos católicos. Quanto aos homens, habitam as ilhas, das quais Jambudvipa é a mais importante, onde pode nascer um Buda.

Ainda, os seres existentes — incluindo Humanos, Devas, Deuses e o Buda — em todos os níveis do Universo infinito são prisioneiros do ciclo de reencarnações, colhendo os frutos do seu próprio karma. Logo, cada ser tem vidas anteriores, fundamentando e definindo quem é o Buda.

— Buda é Deus?

— Não! As fontes principais que narram a vida do Buda são provenientes da tradição oral, que resultou no Tripitaka, o livro mais sagrado para o budismo. Aproximadamente em 565 a.C. nasceu o príncipe Sidarta

Gautama, filho do rei Sudodhana. Era de família nobre, da casta dos guerreiros e príncipes, uma casta abaixo dos brahmanes do hinduísmo.

Segundo o Tripitaka, o Sutra ressalta que, quando jovem, o príncipe Sidarta foi para um passeio além do palácio e fez quatro experiências. Na primeira encontrou um idoso e entendeu que o humano definha no tempo. Na segunda viu um enfermo e despertou para o limite humano perante a enfermidade. Na terceira se deparou com um cadáver e conheceu a fraqueza humana perante a morte. No caminho de retorno ao palácio, fez a quarta experiência ao conhecer um Sadhu indiano, sábio, despojado, pobre, humilde e em paz.

A partir das experiências com os quatro humanos, meditou sobre o humano no tempo com suas três marcas: a enfermidade, a velhice e a morte. Ainda, Sidarta assimilou do sábio Sadhu que o conforto para a angústia humana é possível mediante desapego físico e mental. Após as experiências, o príncipe iniciou o caminho de busca por sabedoria e entendimento do Mistério que envolve o próprio humano. Fez o caminho *ad extra*, buscando respostas nas mais diversas literaturas e filosofias.

Aos 35 anos, no caminho *ad intra*, no profundo silêncio e no encontro consigo mesmo, Sidarta fez a experiência do Nirvana, parte da espiritualidade do hinduísmo e/ou o encontro da consciência perfeita do ser.

Foi o caminho da espiritualidade que fez Sidarta despertar e/ou libertar-se para revelar a sua real identidade, o Buda, que pode ser chamado também de Sakiamuni.

Ainda, segundo a literatura Sutra, após o despertar do Buda, o rei de Kosala, pai de Sidarta, ordenou que aumentasse a guarda e que as mulheres mais belas e sedutoras do reino fizessem tudo o que fosse possível para distrair o príncipe, mas Sidarta ou Buda e/ou Sakiamuni revelou seu projeto de deixar o reino e seguir sua missão.

Segundo Huai-Chin (1999), no Sutra, o pai de Sidarta prometeu ao príncipe que este poderia fazer e ter o que desejasse, desde que permanecesse no palácio real. Sidarta expressou o desejo de quatro coisas:

1. Desejo permanecer de posse de minha juventude;

2. Desejo que jamais a doença toque o meu corpo;

3. Desejo que minha vida nunca chegue ao fim;

4. E desejo que meu corpo não se decomponha jamais.

Impotente perante o pedido do filho, o rei nada respondeu e permitiu que Sidarta partisse a fim de percorrer o caminho da busca da verdade.

Foram seis anos de buscas. Leu e ouviu os grandes mestres do brahmanismo, leu e ouviu os grandes mestres da yoga e experimentou a ascese hindu (práticas de mortificação, como o jejum e prender a respiração até perder o fôlego), mas nada novo aconteceu, com isso aprendeu que toda atitude extrema é prejudicial ao humano.

A seguir, Sidarta tomou a decisão de ficar em silêncio em Bodhgaya, debaixo de uma árvore denominada de bodhi, adotando o "caminho do meio", no qual o alimento não era totalmente negado e nem exagerado no período de meditação.

Foram 49 dias de profunda meditação, de busca da verdade, do absoluto, Deus em si mesmo. A seguir passou a ter seguidores, estabelecendo moradia na bacia do Ganges. Buda, após vida longa, fez a experiência do PARANIRVANA ou extinção eterna e/ou morte, na região de Kusinagara, Índia.

Antes de sua morte, aos 80 anos, o Buda realizou inúmeras viagens pela Índia transmitindo sua sabedoria para diversos discípulos, mas o budismo não foi aceito na Índia, provavelmente devido ao sistema de castas que vigorava. Assim, da mesma forma como no cristianismo e no judaísmo, o budismo fez a experiência da diáspora ou êxodo, espalhando-se por diversas regiões da Terra, mas principalmente na Ásia.

Com a morte do Buda, seus seguidores instituíram as SANGHAS, comunidades de monges ou monastérios. Para ingressar havia dois requisitos: afastamento da vida social e a promessa de não causar escândalos à Sangha. Para alimentação, dependiam da caridade da vizinhança. A única refeição era encerrada às 12 horas do dia. A cada mudança da Lua celebravam a Uposadha, na qual cada monge expressava os próprios sofrimentos e/ou pecados para o Ocidente.

Na origem da Sangha, as regras eram amenas; porém, com o tempo, foi sendo redigido um sistema normativo, que adotou até mesmo práticas penais, como castigo e expulsão aos monges delinquentes.

Assim, não demorou muito tempo para surgirem os primeiros conflitos e cismas, que deram origem a três concepções de budismo: a Thevarada (doutrina dos antepassados) ou Hinagana, a Mahayana (grande veículo) e a Vajrayana.

Ainda, a partir da Rota da Seda, ou seja, o conjunto de estradas entre Índia, China e Síria, o budismo foi se espalhando, sendo conhecido e praticado.

— Professor, no budismo tem também samsara?

— Tem samsara, karma e nirvana! No budismo, todos, incluindo Devas e Deuses, estão envolvidos num incessante ciclo de nascimentos e mortes, sem princípio e sem fim. É o processo de reencarnações. Qualquer ser poderá renascer, seja Deus, Deva, humano, animal irracional, espírito maligno ou até os que habitam os infernos.

No Samsara há Mara, o Deus da morte que vigia para que ninguém e nada escape do ciclo de reencarnações. No silêncio, debaixo da árvore, percebendo que Sidarta estava para despertar e/ou libertar-se, Mara convocou todos os demônios para impedir o processo. Sidarta venceu Mara e fez a experiência do Nirvana, a libertação de todos os desejos, medos e preocupações que propiciam a ilusão de que exista um "eu permanente", esgotando todo traço do karma, isto é, a libertação total das paixões efêmeras.

— Mas o quem tem isso a ver comigo?

— Muito! Liberte-se da ansiedade, desse sentimento de tentar impedir Fofinho de voar.

Um dos instrumentos importantes para a paz interior é o famoso sermão do Buda. São as quatro verdades do Buda ou "SERMÃO DE BENARES".

Após o despertar do Buda ou Sakiamuni (ex-Sidarta Gautama) foi Brahma, o Criador, que intercedeu ao Buda para que revelasse a verdade libertadora à humanidade. Com a experiência do Nirvana, Buda assumiu como missão ensinar o processo de libertação pelo qual havia passado. Em seu primeiro sermão, na aldeia de Benares, Índia, ensinou "As Quatro Verdades":

1. Dukkha: é a primeira verdade, isto é, na vida tudo é sofrimento porque não há algo que não esteja em processo de mudanças e quanto mais o humano busca alguma coisa permanente no mundo efêmero para se apegar, maior é a Dukkha, a imperfeição que afeta a existência. A Dukkha tem como causa a Tanha ou segunda verdade.

2. Tanha: é a segunda verdade, isto é, o desejo, que não pode ser confundido com o objetivo da vida, a grande iluminação. No

PROCURANDO DEUS: UM ENSINO RELIGIOSO

budismo, todo desejo leva à cobiça, ganância, ao que é efêmero e ao prazer.

3. Libertação: é a terceira verdade, isto é, o rompimento com os desejos, preocupações e medos.

4. Caminho Óctuplo: é a quarta verdade, isto é, as práticas a serem seguidas para a libertação: reconhecer as quatro verdades, estar focado na libertação, evitar palavras que causem sofrimento ao outro, conduta correta, promover a vida, libertar de estados mentais destrutivos, preservar pensamentos corretos e concentração correta.

Seguindo as orientações do Buda, estaremos em conexão com as "três joias do budismo". O budismo é mais ortopraxia do que ortodoxia, devido à importância do agir ético, da meditação, da contemplação e da compaixão. Os principais objetos de contemplação são as "Três Joias": o Buda (o sábio), o Dharma (a sabedoria) e a Sangha (a comunidade budista).

O sábio é referencial a ser ouvido e seguido, a sabedoria é o caminho para a iluminação e a comunidade é o meio para preservar e viver o budismo. Ao contemplar as "Três Joias", o budista faz um resgate de sua própria natureza, reafirma sua real identidade na existência e unifica passado, presente e futuro, possibilitando a evolução do humano.

— Professor, no budismo tem texto sagrado e Deus?

— Buda nada escreveu. Tudo o que sabemos é fruto da tradição oral. Após a morte de Buda, seus seguidores preservaram a sabedoria do mestre. De maneira geral, o budismo tem o Tripitaka (pode ser transcrito como Tipitaka) e/ou Três Cestos enquanto texto sagrado.

O Tripitaka está estruturado em três partes. A primeira é intitulada de Vinaya, a qual apresenta um conjunto de regras monásticas, delimitando os aspectos morais da tradição. A segunda é o Sutra (pode ser transcrito como Sutta), que revela os ensinamentos do Buda. E na terceira parte temos a Abhidhamma, isto é, a teologia budista via procedimentos hermenêuticos das regras e ensinamentos do Buda.

O budismo Mahayana, além do Tripitaka, recepciona, enquanto sagrados, os livros: Prajnaparamita Sutra (expressa a sabedoria do budismo), o Lankavatara (revelações) e o Saddharmapundmika (sistema normativo do budismo).

Agora, para entender Deus no budismo é necessário afirmar o que Deus não é para o budismo. Há uma recepção do politeísmo. No Sutra identificamos Brahma intercedendo ao Buda para divulgar sua sabedoria à humanidade. Ainda, no próprio Sutra, Mara, o Deus da Morte, vigia o ciclo de reencarnações e reúne demônios para evitar a iluminação de Buda. Quanto à imagem de Deus, o budismo rejeita a teologia de um Deus Criador, Juiz, Inquisidor, Redentor, Salvador, Santificador, Castigador, Vingador e/ou que retribui a alguns e não faz o mesmo a outros.

Ainda, a ideia de uma alma permanente e da vida num paraíso eterno via julgamento ou tribunal celestial ou juízo final também é dispensada. A opção budista é pelo "silêncio", a ponto de experimentar, encontrar no silêncio algo que move a vida. No silêncio, o budista se depara com a grandeza do mistério sem a pretensão de investigá-lo, conceituá-lo ou defini-lo.

No budismo Zen, a expressão "SUNYATA", que pode ser conceituada por "VACUIDADE", envolve o ser humano no mistério. É a experiência de comunhão do imanente com o transcendente. É a experiência de ir além do que o ser humano está habituado a definir como ser humano ou realidade imanente.

O primeiro passo para a experiência com o silêncio é o próprio "eu", é uma atitude humana que visa atingir o próprio humano. É a busca *ad intra* que proporciona o esvaziamento do "eu" e o despojamento do apego a si e coisas existentes. Nessa experiência, com o "silêncio" algo acolhe, envolve o humano. Isso é comunhão, isso é amor, compaixão, mansidão, é transcendência. É algo muito acima do que a razão pode atingir. Isso é Deus.

Quanto à liderança, a figura do monge difere dos demais seguidores. O budismo não é único, há um pluralismo. Por isso, a expressão correta seria "budismos".

O budismo Theravada (ou Hinayana) ou budismo primitivo é mais direcionado aos monges. A questão do puro e impuro é bastante enfatizada pela Theravada.

Quanto ao budismo Mahayana, que é mais contextualizado, faz uso de procedimentos hermenêuticos na produção teológica e/ou doutrinária, gerando duas fontes: o budismo Bodhisattva e o budismo Zen, sendo reestruturados na Coreia do Sul, Japão e Tibete.

Foi o budismo Mahayana que atribuiu o nome de Hinayana à Thevarada, cujo significado é "Pequeno Veículo". Ainda, a terceira vertente é a Vajrayana (também conhecido por Mantrayana ou Tantrayana). Esta enfatiza as recitações de mantras, é mais esotérica e ressalta a importância das Mandalas. Surgiu enquanto dissidente da Theravada, a qual contestou o rigor na questão do puro e impuro, radicalizou a expressão "vacuidade" e fez apologia à transgressão como instrumento para a iluminação, isto é, o uso de carne, peixe, vinho, grãos torrados e o sexo passaram a ser algo comum em seus rituais.

Dessas concepções ou escolas budistas surgiram outras como o budismo Tibetano e o budismo Zen.

1 – O DALAI LAMA E O BUDISMO TIBETANO.

Ao norte da Cordilheira do Himalaia, com mais de 2.100 anos e 4.900 metros de altitude, está o Tibete. Mesmo sob soberania da China, há um governo estabelecido pela sucessão dos Dalai Lamas. Segundo a profissão de fé do budismo Tibetano, o Dalai Lama é o líder espiritual e político do Tibete. No Dalai Lama está o "Oceano da Sabedoria". É ele que tem o conhecimento e sabe o que é melhor para o povo tibetano. É o Dalai Lama que tem o segredo para a paz e a felicidade de todos. Em 1913 os chineses foram expulsos do Tibete, sendo proclamada a independência pelo 13º Dalai Lama, porém jamais aceita pelo governo chinês.

No dia 6 de julho de 1935 nasceu um menino chamado Lhamo Dhondup, que foi reconhecido pelos monges budistas do Tibete como a reencarnação do Dalai Lama. Ainda aos 4 anos foi levado por monges budistas ao palácio Potala, na montanha de Hongsham, em Lhasa, capital do Tibete, para iniciar sua formação para assumir sua real identidade. Em 1939 foi aclamado publicamente como o 14º Dalai Lama, recebendo o nome de Jamphel Ngawang Lobsang Yeshe Tenzin Gyatso ou simplesmente Tenzin Gyatso.

Em 1950, Mao Tse-Tung ordenou a intervenção militar no Tibete e a partir de 23 de maio de 1951, pelo Acordo dos 17 Pontos, o Tibete passou a ser parte da China, mas liderado pelo 14º Dalai Lama.

Entre 1956 e 1957, com auxílio dos Estados Unidos, grupos armados tibetanos resistiram contra o exército chinês. Em 1959, na "Revolta de Lhasa", o governo chinês ameaçou prender o Dalai Lama. Devido ao fato, sob proteção dos Estados Unidos, o Dalai Lama foi obrigado a buscar refúgio na Índia, fundando um "governo do Tibete" em pleno exílio na cidade de Dharamsala, tendo mais de 100 mil tibetanos refugiados.

No Tibete, entre 1956 e 1957, mais de 87 mil tibetanos foram mortos, monges foram encarcerados e mais de 6.000 monastérios budistas foram destruídos. Por isso, em 1967, o Dalai Lama saiu pelo mundo anunciando sua fé e clamando pela paz no Tibete e no mundo.

Tendo o reconhecimento da comunidade internacional, em 1989, o Dalai Lama recebeu o Prêmio Nobel da Paz. Na perspectiva do Dalai Lama, para entender o budismo há a necessidade de entender a existência. Vivemos uma sucessão de "Eras". O conceito de existência é definido por "Era dos mil Budas". Vieram três Budas e se foram. O quarto Buda é o ex-príncipe Sidarta Gautama, o Sakiamuni.

Entende o budismo quem entende o sofrimento. A causa do sofrimento pode ser negativa ou positiva. O sofrimento está numa relação causa e efeito, manifestada a partir da ignorância que impede o humano de ver além da imanência. E para superar a ignorância há a necessidade de superar o medo da velhice e da morte.

O primeiro passo é o conhecimento das três formas de sofrimentos. Conhecer o sofrimento do sofrimento, isto é, as doenças físicas. Conhecer o sofrimento das mudanças, isto é, as experiências prazerosas que ocasionam frustrações. Conhecer o sofrimento do nascimento, ou seja, ao nascer o humano se apega à ignorância, à existência e ao que é efêmero.

Quanto à causa das três formas de sofrimentos, o karma é a causa, isto é, condutas que podem se desenvolver com o tempo. Há duas espécies de condutas. As maléficas que são motivadas pela ignorância (o mesmo conceito de pecado do judaísmo, cristianismo e islamismo) e benéficas que são motivadas pela sabedoria (as boas obras do judaísmo, cristianismo e islamismo).

Assim, resta ao humano eliminar as emoções maléficas e estabelecer enquanto objetivo na vida o encontro da verdadeira natureza da mente, a verdade última da existência, denominada de Sunya (vacuidade), isto é, a consciência de que tudo e todos existem sob dependência e interdependência. Nada pode existir isoladamente.

2 – BUDISMO ZEN.

Da mesma forma que no judaísmo, cristianismo, islamismo e hinduísmo e nas demais tradições religiosas, não é possível falar do budismo no singular. Na história foram instituídos cristianismos, hinduísmos, islamismos e outros. No budismo, o pluralismo também é fato.

O budismo Zen é um entre tantos, mas com uma identidade própria. Neste se faz um resgate da natureza do Buda. É um gesto que transcende a ação humana. Busca-se a concentração plena mediante comunhão corpo e mente.

Para Forzani (2007), o Zen expressa uma "trama existencial", misturando espiritualidade e filosofia, cuja finalidade é conduzir o ser humano ao processo de purificação e concentração para acontecer a comunhão com o mundo, ampliando o olhar sobre o eu e tudo o que está na existência. Ainda, o Zen é o ensinamento silencioso do Buda. Dispensando o recurso verbal, o mestre fez uso de uma flor (Udumbara) e ao girá-la transmite sua sabedoria. Esse gesto foi preservado na China até chegar no Japão. Em vez de leituras, sermões, debates, meditações de livros sagrados, o silêncio tornou-se prioridade.

Para Yapolski (2007), os primeiros monastérios do budismo Zen são datados da época de Hung-Jen, patriarca chinês (601–674), sendo preservados dois meios de espiritualidade: a vida monástica e a comunhão com a natureza.

— Sempre achei que o budismo surgiu no Japão, professor.

— Não, Bela. No Japão, a chegada do budismo foi no século VI, após a "Reforma de Taika" (a Grande Reforma) em 645, no início do período Assuka (604–1192).

Devido às relações comerciais entre China e Japão, o imperador japonês Shotoku com auxílio de monges coreanos edificaram mosteiros e templos budistas.

Sob proteção do Estado, o budismo prosperou no Japão. Também, nessa época, chegou ao Japão o monge Ganjin para transmitir o Ritsu, ou seja, aplicar as regras dos monges previstas no Tripitaka, uma das ramificações do budismo chinês. Posterior a esta, outras escolas budistas migraram para o Japão, incluindo o budismo Zen no século XII, marcado pelo período Kamakura. Nesse século, chegaram ao Japão duas tradições budistas: a Rinzai, liderada pelo monge Eisai Myosen (1184–1225), e a Soto, tendo como principal representante o mestre Eihei Zenji Dogen.

Enquanto a Rinzai praticava koans (atividade mental de meditação), a Soto praticava o zazen, isto é, "sentar zen" em profundo silêncio, atento à respiração e ao livre fluir dos pensamentos, sem fixar em nada, afastando a agitação mental.

Segundo Fazion (2003), uma das melhores definições do budismo Zen é de Kodo Sawaki (1880–1965): "Os homens acumulam conhecimentos, mas eu penso que o fim último seja poder sentir o som dos vales e olhar as cores da montanha" (Fazion, 2003, p. 1.001).

3 – BUDISMO CONTEMPORÂNEO.

Na atualidade podemos afirmar que o budismo tem por princípios a valorização da vida e o agir ético. Para isso, preserva Deus enquanto "silêncio", não dando motivos para eventuais conflitos religiosos, e faz uso da meditação no e com o "silêncio".

Para o budismo, cada ser humano tem seu karma, mas não como estímulo para o conformismo, e sim como ponto de partida para que cada ser assuma sua real identidade para uma autoconstrução e/ou busca de um ser cada vez mais humano.

O budismo tem ensinado que não podemos repetir os mesmos erros. O sofrimento é fato e tem o seu valor, mas não nascemos para ele, e sim para sermos melhores. Se há trevas em nossa casa (Terra), devemos iniciar o caminho para o Nirvana, a iluminação, para que possamos contagiar cada ambiente com a luz que temos.

Isso é o que tem feito pelo mundo o próprio Dalai Lama, um dos budistas mais conhecidos. Em uma de suas palestras no Brasil, disse o Dalai Lama:

> [...] nada adianta você fazer um retiro tradicional de três anos, três meses e três dias. Pode ser até que a sua mente, ao longo desse tempo, em vez de melhorar, piore... a única coisa certa que se pode dizer é que depois desse tempo todo seu cabelo vai crescer... "Mas há um pequeno problema. No mundo de hoje, há vários "businessmen" que, visando obter dinheiro, dão ensinamentos religiosos. Isso acontece cada vez mais frequentemente; ocorre muito na China, que importa "mestres" tibetanos, mas também no resto do mundo. Esses não são mestres genuínos. Apresentam--se como grandes mestres, mas não são. Seu propósito é unicamente o de obter dinheiro (Monja Cohen, s.d., s.p.).

Ser budista é sentir-se parte do mistério que engloba o universo e ao mesmo tempo voltar-se para si para perceber que a arrogância e o egoísmo maculam a real identidade do ser humano, assumindo de forma imprescindível a humildade e a compaixão, enquanto sinônimos da sabedoria. E com a sabedoria podemos encontrar alívio no sofrimento e continuar trilhando o caminho até o nirvana, a iluminação. Porém, o grande drama do budismo pode ser o excesso de técnicas e/ou ritos e consequentemente a carência de práticas, atitudes de compaixão e/ou a ética do cuidado que em outras tradições religiosas podem ser definidas por caridade, kama, sustentabilidade, respeito e/ou simplesmente de amor.

Quanto à simbologia, destacam-se as imagens da "Roda do Dharma", a qual revela o caminho óctuplo do Buda com oito ensinamentos: atenção, meditação, aspiração, compreensão, esforço, fala correta, ação correta, meio de vida correto. Quanto às principais celebrações merecem destaque:

1. VESAK: dia da iluminação de Buda, seu nascimento e morte. Ocorre no mês de maio.

2. YI PENG: festival das lanternas, homenagem ao Buda e pedido de prosperidade. Ocorre no mês de novembro.

3. OBON: OBON ODORI E JIZO BOM, festival dos mortos. É dia de invocação dos espíritos dos antepassados que retornam e reencarnam.

4. UPOSATHA: dia de observância e purificação da mente.

Na curva do caminho onde Bela encontrou Fofinho, paramos e ficamos em silêncio..., que foi logo quebrado por Bela.

— Agora, vou passar a chamar esta curva de "Curva do Fofinho". O que achou, professor?

— Boa ideia!

Chegando na casa cor-de-rosa, lá estava Betelza, que veio ao nosso encontro. Sem qualquer receio, me abraçou, depois abraçou Bela e foi aos poucos contando a novidade.

— Bela, tenho uma notícia triste... Fofinho morreu!

Bela não se conteve, caiu em prantos... Abracei-a e fomos ver o pássaro.

— Bela, Fofinho não morreu, reencarnou. Pode ser em outro pássaro ou em alguma flor amarela.

Bela estava aos prantos; mesmo com minhas tentativas pelo discurso budista, não consegui provar a possibilidade da reencarnação de

Fofinho. Naquele dia não tinha como deixar Bela aos prantos e seguir para Blumenau. No momento fúnebre, só o tempo pode fechar as feridas abertas pela experiência irremediável, a qual chamamos de morte. Pegamos Fofinho em sua caixinha pintada com muito carinho por Bela e sepultamos o pássaro na curva que tem o seu nome.

Não muito distante da curva vi uma casa amarela que tinha rosas amarelas, tocamos a campainha e saiu uma senhora que passava dos 90 anos. Com voz rouca e tosse incontrolável disse que entregaria uma rosa mediante pagamento de R$ 5,00. Pensei comigo, pelo teor da tosse desenfreada, aquela idosa não teria tempo na existência para gastar aquele insignificante valor. Pedimos uma de suas rosas, arranquei com a raiz e plantamos na sepultura de Fofinho.

Bela ficou melhor, mais conformada. Fofinho estava agora vivenciando o processo de reencarnação naquela bela rosa amarela. A seguir, retornamos à casinha cor-de-rosa que não é amarela e lá saboreamos uma apetitosa lasanha preparada pelas mãos talentosas de Betelza.

Naquela sexta-feira percebi que eu não era mais o mesmo. Criei uma grande inimizade. Deixei de lado a solidão, amiga que me assombrava há tempo. O receio da velhice também estava superado. Passei a sentir ser pai.

Era um ciclo que se fechava e outro que se abria em minha vida. Bela e Betelza passaram a habitar minha mente e coração. Ali entendi a força do amor, não apenas aquele que une homem e mulher ou mulher e mulher ou homem e outro homem, mas o amor ágape, a entrega total para que o outro viva feliz.

O amor *eros* é passageiro, é corroído pelo tempo. O amor enquanto *filia* é amizade que pode ser desfeita por depender da existência de dois humanos. Já o ágape é perpétuo porque depende apenas de um. No ágape, se houver correspondência, melhor, caso contrário, ele não deixa de existir. Quem ama não tem qualquer interesse.

Aproximavam-se as 15h e o ônibus das 15h15 estava próximo para meu retorno a Blumenau. Naquele momento fechava-se mais uma semana de muitas aventuras pelos caminhos de Brusque, apesar de contrariar a vontade de Bela e Betelza.

Convite e vontade para que eu ficasse e até mesmo repousasse na casinha rosa não faltaram. Bela disse que emprestaria o quarto e o urso marrom se eu lá ficasse. Betelza falava com os olhos e confiava na eloquência de Bela.

E ali fiquei...

CAMINHO 7

PROCURANDO DEUS NO XINTOÍSMO

Estar com Betelza e Bela passou a ser meu conceito de felicidade. Voltei a sorrir como há tempo não fazia. Betelza comprou mais uma cadeira e passamos a formar uma Trindade.

Após o café da tarde, entre 16h e 16h15, aproximadamente, chegou Luiza Kami, a sansei, que estuda na mesma turma e tem a mesma idade de Bela. Sua mãe é uma das amigas preferidas de Betelza. Quando Betelza trabalha no período vespertino, Bela fica na casa de Luiza, que não é tão distante da casinha rosa. Os avós de Luiza vieram ao Brasil da cidade de Hiroshima, após a Segunda Guerra Mundial em 1949. Sua mãe nasceu no Brasil, mas seu pai nasceu em Nagasaki, Japão, a terra do sol nascente. Naquele final de semana os pais de Luiza teriam um evento religioso fora de Brusque e pediram a Betelza para que Luiza ficasse sob seus cuidados.

Luiza e Bela foram para o quarto colocar suas conversas em dia. Betelza e eu fomos ao mercadinho da rua para algumas compras para o jantar. Betelza e eu optamos por um bom "xis salada", Bela e Luiza queriam sushi.

Em casa sem televisão se conversa mais. Com a visita de Luiza continua faltando uma cadeira na casinha rosa. Então, fizemos como no filme *O último samurai*, sentamos todos no chão e ali jantamos.

No jantar, não sei quem falava mais, se era Bela ou Luiza. Entre os discursos de Luiza, falou de seus pais, seus avós, seu gato e do jardim que seu pai cultiva no quintal de casa. Tem até uma cascata com peixes coloridos. Coisas que os japoneses apreciam.

— Qual é a religião de seus pais, Luiza? — perguntou Bela.

— Meus pais são xintoístas.

— E como é?

— Não entendo bem, mas parece que não tem Deus.

— Então é jainista — disse Bela.

— Também não — respondeu Luiza.

— Meu "pa" professor sabe muito de religiões. Conhece o xintoísmo, professor?

— Um pouco, Bela. Para entender o xintoísmo, temos que responder algumas perguntas antes. Seria possível uma religião sem mandamentos, sem um Deus, senhor absoluto que interage com a humanidade? Seria possível uma religião sem templo ou regras morais? Seria possível uma religião sem ao menos um livro sagrado?

No Xintô ou xintoísmo podemos encontrar respostas para essas questões. Como foi enfatizado para o hinduísmo e o budismo, vale frisar que no Oriente há uma "Teologia em Nós", na qual o teólogo busca e expressa aquilo que alcançou mediante experiência com o Mistério e seus procedimentos hermenêuticos. Por isso, mais oportuno será o *auditus fidei* para o *intellectus fidei*, ou seja, vamos ouvir antes do que pensar o percurso de procurar por Deus no Oriente.

Até o século VI, quando o budismo foi colocado como religião do Estado nipônico, não havia qualquer menção ao xintoísmo, porém havia uma prática religiosa no arquipélago onde está o atual Japão.

Segundo Herbert (1967), foi na "Reforma Taika" (a Grande Reforma), sob comando do imperador Kotoku, em 645, que ocorreu a estatização da propriedade privada na região que definimos hoje como Japão. Nesse contexto, sob proteção do Estado, o budismo prosperou, mas a antiga prática religiosa do arquipélago nipônico foi preservada e praticada sob título de Kannagara no Michi ou "Xintô" (caminho dos deuses) para diferenciar do budismo.

Antes do budismo não havia um cisma entre imanência e transcendência, humano e natureza, deuses e humanos. Não havia um objeto de adoração. Tudo estava integrado, tudo no todo, isto é, mortos, vivos e não nascidos. Assim, mesmo sem haver uma teologia sistemática ou ortodoxia xintoísta, façamos a análise a partir das fontes do próprio xintoísmo e autores que publicaram trabalhos sobre o assunto.

No estudo do xintoísmo, temos que deixar de lado a ideia de revelação. A Teologia deve ser entendida por procura por Deus, pois no xintoísmo não há uma teologia sistemática como podemos encontrar no Ocidente, porém há uma experiência religiosa diferenciada. Logo, podemos resgatar o histórico da maneira de buscar Deus, deuses ou o Mistério na história do Japão.

O xintoísmo é definido por religião do Japão. Assim, vejamos alguns elementos fundamentais para a compreensão dessa busca por Deus. O Japão, enquanto nação organizada, já era fato há dois séculos antes de Cristo, mas o primeiro período da história do Japão é a Era Jamon (10.000 a.C. a 200 a.C.). Na Era Yayoi, quando já havia o cultivo do arroz e o domínio do metal, a região do atual Japão já estava organizada enquanto nação.

A expressão "Japão" vem de Nippon, cujo significado é "origem do Sol" ou "Terra do Sol Nascente", bem relacionado com o nome da Deusa Amaterasu Omikami, que é nada mais que a Deusa Sol.

Segundo a tradição nipônica, o imperador é descendente da Deusa Sol (é comum a menção em torno da "Rainha Himiko" e do suposto Reino Yamatai na história do Japão, mas a afirmação não é unanimidade; segundo Iamamura (1996), Himiko está mais próxima de uma lenda ou mais um mito da cultura nipônica).

De 660 a 585 a.C., Kamuyamato deu início ao "Reino Yamato", na ilha central de Honshu, tendo Yamato como o grande rei. A seguir recebeu o título de imperador, assumindo o nome de JIMMU, dando início à dinastia dos imperadores japoneses. Foi com JIMMU que o Japão tomou forma de Estado. Com o fim do período Yayoi, veio o período Assuka (604–1192). Foi nesse período que ocorreu o processo de unificação do arquipélago, formando o atual Japão.

De 593 a 622, Shotoku Taishi governou o que conhecemos por Japão, sendo até cultuado como "protetor do Japão". Nesse período, o Japão intensificou as relações comerciais com a China, passando a ser influenciado pelo budismo. E com o auxílio de monges coreanos, o próprio imperador começou a difundir o budismo. Monastérios e templos budistas foram edificados. Do tempo desse imperador ainda há o templo de Horyuti, localizado na cidade de Nara.

Com o budismo em evidência, houve a necessidade de atribuir um nome às experiências religiosas já existentes anteriores ao budismo. Surgiu então a expressão "Xintô ou Kannagara no Michi" e/ou "Caminho dos Deuses".

Segundo Littleton (2002), a arqueologia encontrou altares esculpidos em rochas e outros preparados no meio da floresta, confirmando a existência de uma prática religiosa, com oferendas e culto próprio do lugar destinado à Natureza como um todo. Assim, no xintoísmo tudo é sagrado. Sol, Lua, chuva, mares, rios, fauna, flora, montanhas, raios, ventos etc. Tudo parte de um Todo, sem qualquer personificação de um Deus, isto é, é o humano envolvido no Mistério.

Quanto à moral dessa experiência religiosa, são comuns afirmações sobre a não existência de uma moral no xintoísmo. Pela expressão "Tsumi" é possível afirmar que há uma moral estabelecida, logo, um sistema de regras não positivadas. Tsumi equivale à impureza, sendo possível quando há o contato com cadáveres, sangue e morte, ou seja, um ato violento é um contato com sangue, um ato criminoso é um contato com a morte e no contato com um cadáver pode haver contaminação.

Assim, há o permitido e o proibido, logo, há um ordenamento moral. Interessante é o meio para ficar livre da impureza. Torna-se puro o impuro através da passagem pela água, isto é, o ato de banhar-se. Aqui percebemos o mesmo conceito de bapta, ou batismo, da tradição cristã, ou o "banhar-se nas águas do Ganges", no hinduísmo.

Kami Izanagi banhou-se no rio após a saída do "Mundo dos Mortos". Banhar-se no xintoísmo é recomeçar a vida, dar sequência ao sentido da vida, sem as impurezas.

— Quantos textos sagrados existem no xintoísmo, professor?

Quando uma narrativa é histórica, preservada e referencial para um determinado povo ou tradição, tem um valor inestimável. Ainda, é insubstituível, mesmo com os avanços na pesquisa histórica e arqueológica.

Quando uma narrativa, mesmo com suas lendas, mitos, alegorias e mistérios, ganha uma dimensão sagrada devido à sua historicidade e vínculo com os costumes, podemos afirmar que são textos sagrados. No xintoísmo há textos insubstituíveis, uma literatura que irá se perpetuar na história porque é fruto de uma construção cultural. Vejamos quais são os textos.

1. Kojiki: é um livro datado do ano 712, o qual apresenta a narrativa mítica da tradição oral do xintoísmo, da origem da experiência religiosa até o ano 628.

2. Nihongi: datado do ano 720, continua a narrativa da tradição oral.

3. Kogoshui: datado do ano 807, o livro narra os rituais do xintoísmo.

4. Sendai Kuy Hongi: datado do final do século IX, narra de forma mítica a história do Japão até o século VII.

5. Engi-Shiki: datado do ano 967, cujo conteúdo é uma coletânea de rituais oferecidos aos Kami.

— A exemplo do jainismo, o xintoísmo não tem Deus, Sócrates? — perguntou Betelza.

— Qualquer historiador limitado afirmaria que o xintoísmo tem uma infinidade de deuses e que não há uma teologia ou moral definida. Todavia, teologia não é história ou arqueologia. A teologia nem sempre usa a razão. A razão pode mais atrapalhar do que ajudar no entendimento sobre Deus e/ou Mistério, por isso em teologia é aconselhável fazer *auditus fidei* para realizar o *intellectus fidei*.

Partindo do Kojiki, a principal fonte do xintoísmo, portador de um gênero literário próprio, que faz uso de uma rica mitologia, podemos aproximar do mistério, da fé, da moral e buscar Deus e/ou relatar a teologia xintoísta.

O Kojiki expressa a sabedoria dos antepassados com suas alegorias, poesias, cantos e relatos sobre os heróis. No início faz menção ao Takama no Hara, o mais alto céu, isto é, ao Absoluto.

No Takama no Hara, segundo Chamberlain (2013), há um Mestre Divino do Centro Celestial, que permanece ao lado do Kami Alto Divino Maravilhoso e que está ao lado do Kami Divino que produz. Seria uma reprodução da Trindade Hindu (Brahma-Shiva-Vhisnu), ou algo próximo da Trindade Cristã (Pai-Filho-Espírito Santo)? São realidades não criadas. Seria o Motor Imóvel de Aristóteles?

Fica difícil afirmar, mas deixando a razão de lado podemos silenciar, ajoelhar e contemplar. Além da suposta Trindade Xintoísta, o Kojiki relata uma infinidade de Kami (é uma expressão que não tem singular e plural. De forma racional seria como colocar as águas do oceano Índico e as águas do Atlântico uma ao lado da outra no mesmo espaço. Seriam duas águas?).

Kami são criaturas sobrenaturais que na linguagem judeu-cristã-islã podem ser comparadas com os anjos. Anjo não tem forma, cheiro, substância etc. Segundo Littleton (2010), no xintoísmo há uma infinidade de Kami. A maioria são imagens míticas extraídas do budismo e do taoísmo.

A seguir, o Kojiki relata a comunhão amorosa de Kami, o feminino e o masculino. Izanami e Izanagi gestam a vida na Terra, cercada pelo primeiro oceano. Com uma espada mexem as águas do oceano fazendo ondas ou espumas... Ao puxar de volta a espada, uma gota saiu, dando origem a Onogoro, a primeira ilha do Japão. Ainda, a partir da relação sexual dos Kami nasceram aberrações e/ou o ser humano. Na segunda relação, Izanami morre no parto, mas deu à luz Kayutsuchi, o Kami de fogo. Triste e revoltado, Izanagi vai buscar seu amor no "Mundo dos Mortos", mas sem sucesso.

No retorno ao "Mundo dos Vivos" lava seu rosto em um rio para tirar as impurezas que trouxera do Mundo dos Mortos... Da impureza do olho esquerdo nasceu Amaterasu Omikami, a "Kami Sol". Das impurezas do olho direito nasceu Tsikiyomi, a "Kami Lua". E das impurezas do nariz nasceu Suzanoo, "Kami das Tempestades". Ainda, de Amaterasu nasceu Jummo Tenno, o primeiro imperador do Japão.

As narrativas do Kojiki reproduziram uma cosmogonia e ao mesmo tempo uma genealogia, justificando a divinização da figura do imperador. É nítida a estrutura hierárquica que liga o transcendente ao imanente, as realidades "Mundo Celestial, Mundo dos Mortos e Mundo dos Vivos", puro e impuro, finito e infinito e outros dualismos.

— Meu nome é Luiza Kami!

— Seu nome vem do xintoísmo, Luiza. Há publicações que traduzem Kami por deuses ou entidades divinas, mas o próprio Kojiki expressa que há uma hierarquia que parte de uma realidade absoluta, a suposta Trindade Xinto.

Para uma melhor compreensão do termo "Kami", vamos analisar a expressão "Kamikaze", algo mais familiar no Ocidente. Kami = Divino + Kaze = Vento. Kamikaze é a expressão usada para definir o tufão que impediu a conquista do Japão pelo império Mongol no século XIII. Ainda, a expressão foi atribuída aos pilotos japoneses que, por amor e honra ao Japão, pilotavam aviões carregados de bombas e realizavam ataques suicidas contra navios e bases militares dos países aliados na Segunda Guerra Mundial.

Muito oportuna a palavra "Kami" separada de "Kaze", isto é, Kami não tem forma, é algo que sai de uma realidade ainda maior. É fonte divina que gera vida, podendo ser perfeita, pura, forte, positiva ou impura e negativa. Ainda, pode gerar criaturas ou aberrações, seres perfeitos e outros imperfeitos.

Numa linguagem cristã, é um "Espírito que sopra onde quer" ou energia que revigora o ser humano. Kami aclama-se em altares nas montanhas, florestas e casas. Logo, estão nesses ambientes e também nos sábios, mares, rios, florestas, nas pequenas e grandes criaturas, nos alimentos, em cada ser e no imperador. Um Kami bom gera o positivo, um Kami mau gera o negativo.

— Quantos Kami existem no xintoísmo? — perguntou Bela.

Quantos anjos há no islamismo, cristianismo e judaísmo? Quantos orixás há no candomblé? São perguntas que poucos conseguiriam responder. Há Kami que ainda não foram revelados ou não nascidos, mas fazem parte do Panteão Xinto. Vejamos alguns:

1. Maakyury: é o Kami da Sabedoria.

2. Kami Inari: usa corpo de raposa para levar fertilidade, prosperidade e amor aos agricultores e à vida de cada pessoa.

3. Kami Rijin: é o Kami dos trovões, tempestades.

4. Kami Fujin: é o Kami dos ventos.

5. Kami Hachiman: é o Kami dos guerreiros, é o protetor.

6. Sakuya Hime: é a Kami do Monte Fuji, que expressa poder e eternidade.

7. Kami Jizo: vive nas margens do rio Sanzu. O outro lado do rio Sanzu é o lugar de onde as pessoas que fizeram o bem partem após a morte. Mas as crianças não conseguiram evoluir o suficiente para realizar a travessia. É o Kami Jizo que coloca as crianças debaixo de seu manto e ajuda cada uma delas a cruzar o rio. Kami Jizo também vem em auxílio das crianças na hora do parto.

— Complicado isso — disse Betelza.

— Para facilitar podemos fazer um paralelo entre Kami e anjos. Nas teologias judaica, cristã e islamita, a Revelação dos anjos é fato. Diz-nos, porém, que são criaturas, a exemplo dos Kami. A Revelação diz também que são seres pessoais que pertencem ao mundo invisível. São, portanto, espirituais, porque os anjos são puros espíritos compostos somente de essência e existência, mas não de matéria e forma.

Segundo a teologia, os anjos são incorporais, mas compostos de forma e de "matéria espiritual". Todos, porém, reconhecem que são superiores ao ser humano. Ainda, cada anjo e cada Kami realiza plenamente as características de sua espécie. E mais: devemos dizer que eles são seres de plena maturidade, intensa vida interior e totalmente senhores de si.

— No xintoísmo, Deus é Trindade, pai?

— Querida Bela, obrigado por me chamar de pai. Bela, é bom frisar que não há qualquer afirmação científica que reporte a possibilidade de uma teologia trinitária no xintoísmo. Assim, deve-se aplicar o *auditus fidei* para depois realizar o *intellectus fidei*. Daí chegamos à conclusão de que há a possibilidade de afirmar uma Trindade Xintoísta.

É sabido que a Trindade Hindu, a Trindade Cristã e a Trindade Xintoísta revelam o que não devemos entender de Deus Uno como uma unidade fria e rígida, mas como a plenitude da vida e de comunhão. O protótipo mais sublime da unidade é a unidade que desabrocha na comunhão. A "pluriunidade" que floresce na comunhão é mais radical, mais verdadeira do que a unidade do "átomo". Embora o mistério transcendental seja o simplesmente Uno, uma única substância existe nele, ao mesmo tempo também um diálogo interno, uma troca interna de amor entre os três da Trindade, seja no cristianismo, no hinduísmo ou no xintoísmo. Sem esse diálogo absolutamente não existiriam três criaturas e tudo nele seria rígida unidade.

Os personagens do Takama no Hara devem todo o seu ser ao relacionamento recíproco de um com o outro, nada diferente das teologias cristã e hindu. Desse mistério transcendental se irradia também uma luz interpretativa do ser humano. O que somos como humanos não o podemos ser por nós mesmos. O transcendente realiza em nós aquilo que perfaz o nosso ser, ele nos coloca numa nova relação conosco mesmos. Quando entramos em comunhão com a realidade transcendental, o Kami, a energia ou o espírito se faz presente em nós e assim podemos chamar o transcendente de Deus Conosco. Para confirmar isso, são oportunas as narrativas do Kojiki em torno da origem da vida e da questão sobre o tempo.

Nas teologias orientais podemos dizer algo semelhante ao que vigora nas teologias judaica, cristã e islamita quanto à relação entre a geração do humano e a criação divina e/ou fonte de um mistério. Sobre isso, deve buscar-se na categoria da "causalidade instrumental", isto é, trata-se de uma ação pela qual uma causa produz um efeito que supera a sua capacidade, enquanto a sua ação é movida, elevada e guiada por uma causa superior, seja qual for o nome atribuído ao absoluto ou causa superior.

A causa superior não se limita a dar o toque inicial a um outro ser a fim de que ele produza o seu efeito, mas opera junto com a causa inferior, de maneira que o resultado da ação seja inteiramente efeito da causa principal e inteiramente efeito da causa instrumental, agindo assim cada uma na sua ordem própria e formando uma unidade.

Logo, cada nova pessoa humana é fruto da ação imediata do transcendente. A ação transcendental se distingue no xintoísmo tanto da criação do nada como do concurso ordinário. Pode-se falar, então, de "concurso criativo". O absoluto não age externamente, de fora ou paralelamente, mas opera através da ação de Kami como origem transcendente, enquanto eleva essa ação internamente, capacitando-a para a realização daquilo que por si mesma não poderia realizar.

Quanto ao tempo, só existe para as coisas "temporais", isto é, as coisas que se transformam; ele é coextensivo à realidade criada. Por isso não existe tempo no xintoísmo, pois no Takara no Hara nada se altera. O mundo, em cada um de seus instantes, depende da Trindade Xintoísta, como se fosse o primeiro. O mundo não cessa de ser criado. Ser criado consiste em receber-se totalmente, a cada instante, das mãos de um criador.

A criação do ser que dura é chamada conservação, mas no xintoísmo criação e conservação são uma mesma realidade, pois a criação é algo sempre atual, permanente. Daí a doutrina do Kami. Através de Kami se conserva, governa, orienta a existência para sua finalidade. Crer na criação Xinto é, portanto, professar um otimismo perante um mundo que não é absurdo, porque é pensado e conduzido por um amor inefável na e com a natureza.

No xintoísmo a comunhão profunda do humano com a natureza se funde com um sentimento carregado de respeito e amorosidade. É parte da identidade xintoísta preservar e cuidar de parques e jardins. O mesmo gesto silencioso é prática perante os animais, flores, frutos e a água de um rio ou de uma pequena cascata artificial em um apartamento na cidade, porque na beleza natural venera-se a energia de Kami.

Quanto às regras xintoístas, não provêm de um Deus legislador e/ou de uma autoridade religiosa fora de contexto, mas cada ser humano é desafiado a encontrá-las na própria natureza, no encontro com o desconhecido ou mistério.

No xintoísmo não há expressado o conceito de "pecado", mas qualquer ato contra a natureza é um ato vergonhoso e/ou anti-humano. Ainda, na cidade, por menor que seja, em cada lar há uma conexão com o natural através do cuidado com a alimentação e a higiene. Disso resulta uma ética voltada para a sustentabilidade e paixão pelo próprio ser humano, tão urgente neste mundo carente de práticas que ressaltem a vida enquanto valor.

Ser xintoísta é ser autoconsciente e/ou praticar o "dever ser". Assim, tudo o que propicia morte deve ser evitado para abrir espaço para Kami, a energia que gera e revigora a vida.

Mas é bom ressaltar. O xintoísmo não é único, há um pluralismo, o qual se divide em três grupos principais:

1. Xintoísmo JINJA SHINTO: é uma associação fundada em Tóquio. Todos os santuários pertencem a essa instituição.

2. Xintoísmo MINKAN SHINTO: não há uma preocupação com doutrinas e dogmas. É o xintoísmo popular.

3. Xintoísmo KYOHA SHINTO: são os 13 grupos xintoístas reconhecidos pelo Estado Meiji entre 1876 e 1908.

Hoje é 17 de fevereiro, é uma data especial para o xintoísmo. Talvez seja esse o motivo da viagem de seus pais, Luiza. Entre as principais celebrações estão:

1. TOSHIGOI-MATSURI: ocorre no dia 17 de fevereiro. É a festa da primavera e dia de pedir boa colheita e prosperidade.

2. FESTIVAL DE GION: ocorre no mês de julho e sua finalidade é afastar demônios e qualquer espécie de mal.

3. RITO DO KANNAME-SAI: é dia de oferecer as primícias da colheita a Amaterasu, a Kami Sol.

Já passava de meia-noite, Bela encostou a cabeça em uma almofada e dormiu no chão. Luiza estava sonolenta. Carreguei Bela no colo e levei-a até seu quarto. O urso marrom estava à sua espera com os olhos arregalados. Embaixo da cama de Bela havia um colchão, com o qual Betelza preparou a cama para Luiza Kami, que não demorou a pegar no sono.

Depois daquele dia cheio... caminhada, aula, sepultamento e muitas conversas, olhei para o sofá branco que me esperava. Betelza foi para seu quarto, pedi toalha para um banho, vesti as mesmas roupas e deitei no sofá. Ainda pensativo sobre o dia, senti a suavidade do beijo de Betelza, que sentou ao lado do sofá, propagou o cheiro de seu perfume e expressou todo o seu afeto.

A luz quase apagando, o som de grilos e o brilho dos vagalumes; completava a cena o desfile de Betelza apenas com uma minicamisola quase transparente. Puxado pelas mãos, fui conduzido para o quarto de Betelza, para uma experiência transcendental, na qual supliquei que o tempo parasse naquele instante, tamanha era a experiência e emoção.

O sábado chegou ao som de pássaros e com o brilho do sol. Eu já não era mais o mesmo. Agora sou pai, amigo, amante, um eterno apaixonado. Preparei o café da manhã. Betelza ainda sonolenta permaneceu no quarto, e das crianças nem sinal. Não restava nada a fazer além de ir para um banho e aguardar o despertar da trindade feminina, que dispensou o café e ficou pronta para o almoço.

Passava de meio-dia quando os pais de Luiza chegaram para buscá-la em um fusca preto. Logo que saíram convidei Betelza e Bela para conhecerem minha casa em Blumenau. Fomos ao terminal rodoviário de Brusque e enquanto aguardávamos o ônibus das 15h, passamos em uma banca de revistas.

Bela folheou quase todas, mesmo com o aviso na parede dizendo "PROIBIDO FOLHEAR REVISTAS". Escolheu três: a revista da Barbie, uma cruzadinha e a *Superinteressante*. Nesta, entre vários assuntos estava uma reportagem sobre ying e yang.

CAMINHO 8

PROCURANDO DEUS NO TAOÍSMO

O ônibus das 15h chegou. Ao embarcar, Bela quis sentar sozinha, parecia algo combinado para que Betelza ficasse ao meu lado. Bela com a revista da Barbie, Betelza com a cruzadinha e eu com a *Superinteressante*. Enquanto fazia a leitura, Betelza perguntou sobre o ying e yang.

— Mãe, esse é o símbolo do positivo e negativo.

— Este é o símbolo do taoísmo, Bela!

— Taoísmo?

— A busca pelo TAO, a força cósmica que gestou o universo e tudo o que podemos perceber na existência. Pode ser TAO, porém a tradução do chinês para a língua portuguesa, de forma literal, segundo Robinet (1997), sugere a expressão "DAO".

Essa tradição religiosa pode ser denominada de taoísmo ou daoísmo, ou seja, é a fonte que jamais se esgota, para a qual todos devem expressar admiração e permitir ser envolvidos pelo mistério.

No taoísmo, a grande mãe é a natureza, é dela que vem a vida e a energia que revigora todas as criaturas, restando ao ser humano atitudes de reverência, contemplação e respeito, permitindo que realize o seu ciclo. Vivendo em equilíbrio e comunhão com a natureza, o ser humano pode esperar vida longa, paz e felicidade. Da mesma forma como Espírito, Kami, Anjo, Trindade e outros termos teológicos, perante o TAO a linguagem apresenta limitações para definir ou conceituar. Explicar e definir via razão ou empiria é a grande tentação humana. É bom frisar que qualquer relato de "visão" de Anjo, Santo, Nossa Senhora, Kami ou Demônio nada mais é do que enfermidade ou tentativa de alienar ou fomentar um doentio proselitismo, ou ainda, meio de edificar impérios.

Logo, em teologia, o racionalismo e o empirismo podem mais atrapalhar do que servir. Ainda, a expressão "visão" não pode ser confundida com "experiência mística", por exemplo: "Moisés no Monte Tabor", "o profeta Elias perante a brisa suave", "os grandes sábios desconhecidos do hinduísmo perante a Trindade Hindu", "o profeta Maomé perante o

Anjo Gabriel", "Buda debaixo da árvore bodhi", "Maria perante o Anjo Gabriel", "Lao-Tsé perante o Tao" etc.

No taoísmo são muitas as expressões utilizadas para traduzir as diversas experiências com o Tao. Assim, focaremos a construção teológica não enquanto "revelação", mas faremos um distanciamento da ideia de "Teologia em Si" para uma "Teologia em Nós".

Como já foi mencionado, na primeira o teólogo atinge o objeto da Teologia, define e interpreta. Na segunda o teólogo expressa o que alcançou, relata sua experiência com o mistério, pensa o que o intelecto captou e realiza os procedimentos hermenêuticos, isto é, faz o *auditus fidei* para prosseguir seu trabalho de *intellectus fidei*, buscando melhor entendimento via texto sagrado, o denominado Livro do Tao e/ou Tao Te Ching. A partir deste faremos a narrativa em torno da ideia de Deus Trindade e a importância das demais criaturas divinas cultuadas nessa tradição.

— Como surgiu o taoísmo, amor? — perguntou Betelza.

— Amor não é nome, Betelza, mas obrigado pelo carinho.

Na China, entre os séculos XVIII e XI a.C., reinou a dinastia Shang, na qual foram encontrados, segundo Miller (2008), práticas religiosas que se identificam com as do taoísmo. Ainda, havia uma classe sacerdotal que zelava pelos sacrifícios em honra de heróis e divindades. Robinet (1997) confirma o culto aos ancestrais no reino do Norte, o xamanismo enquanto religião do reino do Sul e a existência da escola filosófico-teológica denominada de Yang e Yin, aproximadamente no ano 300 a.C.

Entretanto, o taoísmo institucionalizado somente pode ser fundamentado na dinastia Han (25–220 d.C.). Segundo Miller (2008), a fundação do taoísmo ocorreu no ano 142 d.C. No contexto surgiram duas escolas com cunho político-religioso: o "Tao para a Paz" e o "Tao da Ortodoxia Unitária".

Segundo Robinet (1997), a primeira se rebelou contra o império Han, mas sem êxito. A segunda criou um Estado Taoísta em Suchuan, mas antes de ser combatida cedeu ao poder do império, preservou as práticas religiosas e chegou a ser a religião oficial.

No sul da China, durante o século IV, sob inspiração do "Tao da Ortodoxia Unitária", surgiram outras duas escolas: o "Tao da Suprema Caridade" e o "Tao do Tesouro Numinoso". A primeira ressaltava a importância da meditação, profilaxia e definições de divindades internas no ser humano enquanto meio para a imortalidade. A segunda incorporou práticas budistas no taoísmo como a reencarnação e o karma.

Já no século V, entrou em evidência o estilo de vida monástica e sacerdotal. E na dinastia Tang (618–907) o taoísmo foi considerado religião oficial da China. Segundo Robinet (1997), mosteiros e templos foram edificados pelo próprio império. No final da dinastia Tang, o confucionismo e o budismo foram popularizados, influenciando também o taoísmo, dando origem a mais uma escola, sendo denominada de "Tao da Completa Perfeição", que buscou novos seguidores e abriu o taoísmo para uma grande participação ativa das mulheres. Novos templos e monastérios foram edificados e, devido à popularidade do taoísmo, os governos propiciaram grande incentivo até o final do século XIX.

Todavia, com a revolução chinesa de 1911, o taoísmo sofreu intensa perseguição por um breve período. E com a instalação da República Popular da China em 1949, o governo reprimiu práticas religiosas, incluindo o taoísmo, sendo necessário um êxodo taoísta aos demais continentes.

Devido à prática da profilaxia e da alquimia e à busca pela imortalidade, o taoísmo influenciou em demasia a medicina chinesa, propiciando pesquisas para a farmacologia e a fitoterapia.

— Quem foi LAO-TSÉ, pai?

Segundo a tradição taoísta, Lao (Velho)-Tsé (Sábio) teria vivido no século VI a.C. e teria sido bibliotecário na corte imperial chinesa. Insatisfeito com o regime imperial buscou refúgio na floresta, passando a viver como místico e totalmente despojado. No final da vida, antes de migrar para o Tibete, deixou na China um livro com o título *Tao Te Ching*, o Livro do Caminho e da Virtude.

Pode ser que Lao-Tsé seja apenas um personagem mítico do taoísmo, mas a tradição aponta que ele foi discípulo de Kung Fu Tse (o filósofo Confúcio), que viveu entre 551 e 479 a.C., um dos principais sábios da China.

— O taoísmo tem texto sagrado, pai?

— O texto mais sagrado no taoísmo é o Livro do Tao e/ou Tao Te Ching ou Caminho da Virtude. Segundo a tradição, foi Lao-Tsé o autor do livro, mas segundo Cherng (2008) o livro é resultado de trabalhos de autores que antecederam Lao-Tsé há cinco séculos, aproximadamente, mas uma coisa é certa, com a instituição do taoísmo no século II, Lao-Tsé e seu livro passaram a ser sagrados aos seguidores dessa tradição.

Segundo Robinet (1997), na dinastia Ming (1368–1644), por ordem do imperador Chengzu (1402–1424), copistas juntaram manuscritos e textos que tratavam da religião oficial do império.

Nessa dinastia, o sábio Zhang Yuchu recebeu ordens para reeditar uma completa coletânea da Sabedoria Taoísta. E fazendo uso dos escritos taoístas da biblioteca de Jiangxi, incluindo o Tao Te Ching, o sábio iniciou os trabalhos. O denominado Cânon do Taoísmo foi publicado pela primeira vez em 1447 no governo de Yingzong (1436–1449) com o título *Escritos Taoístas da Grande Ming*. Esse cânon preservou um importante legado da cultura literária taoísta. Esse cânon e/ou DAOZANG é dividido em duas partes:

PARTE I: AS TRÊS CAVERNAS.

São os graus superior, mediano e inferior do rito de iniciação para a classe sacerdotal no taoísmo. Cada "caverna" tem obras divididas nas seguintes categorias: textos, talismãs, comentários, diagramas e ilustrações, histórias e genealogias, preceitos, cerimônias, magias, artes, biografias, hinos e memoriais. Eis as cavernas:

1 – O Zhen, a Caverna da Verdade: são 12 tratados revelados pelo Senhor do Tesouro Celeste, é o caminho do grande veículo.

2 – O Xuan, a Caverna do Mistério: são 12 tratados revelados pelo Senhor do Tesouro Espiritual, é o caminho do veículo médio.

3 – O Shuan, a Caverna Sagrada: são 12 tratados revelados pelo Senhor do Tesouro Divino, é o caminho do pequeno veículo.

PARTE II: OS QUATRO COMPLEMENTOS.

1 – Sublime mistério, formado pelo texto Tao Te Ching de Lao-Tsé e todos os tratados abaixo dele. É usado para complementar a Caverna da Verdade.

2 – Sublime paz, formado pelo Tratado da Sublime Paz: usado para complementar a Caverna do Mistério.

3 – Sublime transparência, formado por todos os tratados do elixir de ouro, usado para complementar a Caverna Sagrada.

4 – Ortodoxa unitária: é uma coletânea de textos que contextualizam as três cavernas e os três primeiros complementos.

— E quem é Deus? — perguntou Bela.

Segundo o Tao Te Ching, no taoísmo a natureza é um grande mistério vivo, é tudo com todos. O Tao é o princípio ou caminho a ser seguido para que jamais sejam abalados o equilíbrio e a harmonia com a própria natureza, que tem duas forças primordiais, o Yin e o Yang, um dualismo nada maniqueísta.

No capítulo 25 do Tao Te Ching, o autor do livro, Lao-Tsé, nomeia o Tao: "Uma coisa existe formando o caos [...] antes de nascerem o céu e a terra... eu não sei o seu nome, dou-lhe a grafia DAO (Tao)... forçado a nomeá-lo digo: Supremo Um". O Tao é mistério, é um princípio, está em tudo e em todos. Para ganhar forma, materializou-se através de Avatares, podendo ser em corpo humano ou qualquer espécie. Ele vai aonde quer, sopra onde quer, gera vida e "renova a face da Terra". É uma imagem muito próxima ao "Espírito Santo" da tradição cristã.

Ainda, no taoísmo há uma criatura divina para cada dia do ano, para cada espaço celestial, terrestre, e para cada criatura há protetores e guerreiros. Ainda, todas as criaturas divinas são lideradas pelo imperador Jade. É Deus com Deus e em Deus porque está interligado com a Trindade Taoísta.

Entretanto, ao tratar de Deus, tratamos do mistério. Logo, ao fazer teologia, realizamos a "Teologia em Nós", isto é, perante o que alcançamos com nossas limitações intelectuais, expressamos conceitos.

Assim, via *auditus fidei* contemplamos o Panteão Taoísta ou "Reino dos Céus" ou "Reino de Deus", considerando que há o "imperador Jade", que governa todas as criaturas divinas, que na maioria são heróis do passado (algo muito próximo do conceito de mártires e santos do catolicismo ou profetas do islamismo), ou criaturas sagradas emprestadas do budismo.

Segundo Robinet (1997), as criaturas divinas constituem a emanação do Tao. Todavia, interligado com o "imperador Jade" está o Mistério e/ou a gênese do Tao, os "Três Puros" ou Sanqing ou a Trindade do Taoísmo: o Taiqing ou Supremo Puro, o Yuqing ou Puro Jade e o Shangqing ou Altíssimo Puro (Robinet, 1997). Essa seria a Trindade Taoísta? O que é fato no Panteão Taoísta ou Reino dos Céus é a comunhão entre o céu e a Terra ou o Transcendente com o Imanente.

Para Robinet (1997), é o microcosmo no macrocosmo ou a unidade da interioridade com a exterioridade humana. Segundo o Tao Te Ching, dos Três Puros e/ou Trindade saiu o "sopro primordial", que se repartiu em Yang e Yin. O primeiro por ser puro e leve moveu-se para o alto, gerando o céu. O segundo, por ser denso e pesado, moveu-se para baixo, gerando a terra, mas preservam a conexão original. Assim, em cada ser Yang e Yin estão presentes.

— E o YANG E YIN, amor?

Seja na vida social ou religiosa, o Yang e o Yin estão presentes. São duas forças antagônicas, mas juntas constituem a unidade. O Yang é o transcendente, o sagrado, o masculino, a luz, a racionalidade, o bem, o externo etc. O Yin é a imanência, o profano, o feminino, a escuridão, a interioridade, o afeto, a intuição, o mal, a passividade etc. Isso nada tem de maniqueísmo. Cada ser, homem ou mulher, comporta o Yang e o Yin. Um complementa o outro para o acontecer da existência.

Segundo Granet (1997), o documento mais antigo que trata do Yang e Yin é um tratado anexo ao Livro "I Ching", de autoria de Confúcio; porém, antes da instituição do taoísmo, havia uma escola filosófica chinesa, aproximadamente do ano 300 a.C., que fazia menção ao "Yang e Yin".

Segundo Capra (1982), todos os seres humanos passam pelas fases do Yang e do Yin porque a personalidade de cada um não é estática, há um dinamismo resultante do encontro entre masculino e feminino. Assim, quando Yang atinge seu ápice se volta para o Yin e este quando atinge seu ápice se volta para o Yang. No taoísmo, todas as ações do Tao são refletidas pelo dinamismo de ambos os polos. Nada é Yang e nada é Yin em todo momento.

Para Hirsch (1995), Yang e Yin refletem as transformações contínuas do próprio universo e nos levam à compreensão da realidade sempre relativa, carregada de inovações e/ou fenômenos. Assim, Yang e Yin são forças que garantem o ritmo e evolução do Universo e do próprio ser humano. Ainda, para Capra (1982), a ideia mecanicista de mundo, herdada de Descartes e Newton, deve ser substituída por uma visão de mundo interligada, na qual os fenômenos biológicos, psicológicos, sociais e ambientais são interdependentes. Para os sábios chineses, os fenômenos que analisamos participam de um processo cósmico e dinâmico, e todas as transformações ocorrem gradualmente numa progressão ininterrupta.

Dessarte, é nesse movimento cíclico do Yang e do Yin que deve ocorrer o equilíbrio dinâmico que propicia o positivo, isto é, a bondade, compaixão, ética, práticas sustentáveis, fraternidade e paz; porém, com o desequilíbrio, as catástrofes pessoais, sociais e globais são inevitáveis. Disso resulta um taoísmo sempre atual, podendo ser uma grande contribuição para a vida e o resgate dela na história.

No taoísmo percebe-se que o ser humano busca o conhecimento do que transcende a realidade, buscando contato consigo mesmo e o cosmo com suas forças ou energias que apontam para lugares especiais que entrelaçam os acontecimentos da vida humana.

Quanto ao lugar onde o ser humano faz a experiência do divino, seja na natureza ou na vida cotidiana, se depara com a grandeza do mistério, que recebeu conceitos humanos, mesmo com as limitações da linguagem e da razão.

Ainda, as múltiplas experiências com a natureza e limitações do próprio humano no tempo levaram a uma multiplicidade de imagens que aproximam o humano do divino taoísta. Com certa razão se poderia dizer que uma divindade não forma um ser subsistente em si, mas a denominação de uma possibilidade concreta, entre muitas, de se encontrar com o incompreensível e/ou a transcendência de Deus.

No entanto, se essa é a natureza de Deus, compreende-se imediatamente por que a realidade transcendental do taoísmo é múltipla, isto é, podem se dividir e novamente se reunir, sendo, portanto, Deus único entre os muitos, nos quais se crê, e pode em seguida, quando venerado, reunir em si todos os elementos divinos.

O que digo do taoísmo também é fato com as demais imagens de Deus nas demais tradições religiosas. Porém, ao mesmo tempo, aconteceu também algo diferente em relação ao taoísmo, não ocorreu a desagregação em diversos deuses, subsistindo em harmonia ao lado de outros, isso foi entendido enquanto artifício político e religioso.

A multiplicação de deuses no contexto histórico das tradições religiosas facilitaria o apogeu político e econômico de nações inimigas, visto que quanto mais houvesse a multiplicidade de "deuses", maior seria a fragilidade de um povo/nação.

Por isso, houve um grande esforço teológico para definir Deus enquanto ser Único. Assim, apontaram para lugares onde Deus não poderia estar jamais, ou seja, nas instâncias do poder. Ainda, apontaram para lugares que coincidem com o hinduísmo, budismo, xintoísmo e taoísmo, isto é, no "Silêncio", na água, na montanha, na natureza e no próprio humano, confirmando que é na própria existência que o teólogo define ou apresenta conceitos sobre a essência.

O taoísmo, perfila a revelação judaica, cristã e islamita, tem um dado absolutamente positivo, apresenta que "Deus é espírito e verdade". Ainda, conhecendo mais das tradições religiosas do Oriente, podemos afirmar que a teologia deu um caráter privado às tradições religiosas ocidentais, reduziu a prática da fé à decisão do indivíduo, sem relação com o cosmo, a natureza e o mundo, colocando em primeira linha as categorias do íntimo, do privado e do não político.

Atualmente, cabe à teologia determinar novamente as relações entre religião, sociedade e natureza. A teologia deve acentuar que qualquer discurso religioso está permanentemente relacionado com o mundo, não num sentido cosmológico natural, mas num sentido político, social e sustentável ou como elemento crítico libertador deste atual contexto e de seu processo histórico.

As grandes promessas escatológicas das diferentes tradições religiosas não podem ser privatizadas, mas devem estar abertas a uma nova responsabilidade social e ecológica, porque essas promessas não se identificam com nenhum determinado sistema social, elas são para teístas e não teístas um constante imperativo crítico libertador frente a qualquer modelo de sociedade que fere diariamente o planeta, nosso paraíso ferido.

Um adepto de qualquer tradição religiosa, individualmente, é incapaz de fazer valer tais promessas. Por isso e para isso temos a coletividade humana e as instituições religiosas, que podem possibilitar uma eficiente consciência crítica. A religião não surge a par ou acima da realidade, mas dentro dela enquanto instituição da liberdade crítico-social-político-ecológica da fé.

Exercendo sua função crítico-libertadora, as instituições religiosas, perante a sociedade contemporânea, propiciarão a consciência crítica e a energia necessária para revitalizar o mundo enfermo e a ordem estabelecida. Aí estão as premissas e as bases para o, assim chamado, "senso crítico" e para a, assim chamada, "Teologia em Nós".

Todavia, neste contexto de secularização, em que se dá tanto valor à pessoa humana e às suas descobertas e experiências pessoais, os valores da mística oriental do taoísmo ganham espaço, tendo muito a ensinar ao humano.

E mais, considerando que o taoísmo é religião, há cisma. O taoísmo não é único, há uma dicotomia, ele se divide em CHUAN-CHEN (cabeças vermelhas, devido ao chapéu usado), que vivem em templos, são vegetarianos e vivem de forma austera, e os taoístas ZENGHYI (cabeças pretas), também chamados de CHENG-I.

Quanto às lideranças, tem-se os mestres espirituais. Quanto aos símbolos, destaca-se o yin e yang, as forças opostas da natureza e da interioridade humana. Cada humano tem sua parte boa e sua parte doentia, o desafio é fazer com que a parte boa cure a doentia.

Entre os principais eventos e celebrações estão:

1. Rito de iniciação: é o ingresso no taoísmo e orientações sobre os compromissos do mestre e do discípulo.

2. Retiros espirituais: cultivo e prática do silêncio e meditação.

Enquanto Betelza interagia com o yang e ying, Bela cochilava na viagem e Betelza e eu arquitetávamos nosso novo projeto de vida.

CAMINHO 9

PROCURANDO DEUS NO CANDOMBLÉ

Aquele sábado foi o que muitas famílias almejam. Chegamos em Blumenau, apresentei minha casa. Fomos ao cinema ver a Barbie, brincamos e rimos à vontade.

Betelza viu um salão de beleza no shopping e foi logo entrando, solicitou serviço completo. Bela não perdeu tempo, foi folheando revistas para um corte de cabelo e lá se foram os cachos. Betelza nada tirou de sua beleza, mas Bela inovou. Chegou a noite, já estávamos em casa, no apartamento do bairro Água Verde, Blumenau. Pedimos uma pizza e no momento do jantar perguntei:

— Bela, você não gostava de seus cabelos?

— Gostava, apenas quis mudar o visual um pouco.

— Seus cabelos revelavam sua origem cultural. A pintura e corte que você escolheu ficou bonito porque a beleza é natural em você. Você tem sangue afro. Sua pele e cabelos são marcas deixadas pelos seus ancestrais.

— Que bonito isso, pai! Mas ficarei com este cabelo apenas um tempo, depois voltarei a ser Bela. Pai, quem eram meus ancestrais?

— Para responder essa pergunta, vamos conversar sobre a Mãe África, gênese da humanidade. Se Deus fez tudo, logo, Ele escolheu a África enquanto "berço" para a humanidade. Para identificarmos seus ancestrais e também de Betelza, temos que identificar os fenômenos culturais, míticos e religiosos, incluindo a ideia de tradição oral enquanto texto sagrado e o processo de sistematização da opção dos colonizadores da América Latina pela escravização de povos africanos e a apologia do catolicismo a esse sistema. Respondendo sua pergunta também aproveito para apresentar mais um caminho possível até Deus.

A Mãe África é o ventre onde Deus gestou o humano. Identificar os ancestrais de Bela é urgente e grande responsabilidade. São milhões de oprimidos pelo mundo que tomam cada vez mais consciência das reais causas de sua opressão e têm cada vez mais o desejo de resgatar sua história, africanidade e sua real identidade para o acontecer da tão sonhada liberdade.

Na África está sem qualquer dúvida o "sopro da vida". Se Deus fez o humano de barro, os elementos água e terra eram de solo africano. Se Deus fez o humano a partir da água, terra, fogo e/ou ar, foram na Mãe África as primeiras experiências, relações sociais, políticas e religiosas.

Segundo Hugot (2010), já na pré-história da África (10000–4000 a.C.) havia técnicas avançadas no polimento da pedra, no processo de domesticação de animais selvagens, na agricultura, urbanização, na arte e na religião. Com mais evidência, o mesmo autor menciona a expressão "Neolítico Africano" (9000–3000 a.C.), no qual havia uma forma de povoamento denominada de "Povo do Saara", os quais constituíram uma civilização seminômade, muito dedicada ao cultivo de rebanhos de grande e pequeno porte.

Sutton (2010) defende a tese que afirma ter existido na África (8000–5000 a.C.) uma "Civilização das Águas", de economia sedentária. Tal civilização teria se estendido de oeste a leste ao longo de rios e lagos até o norte pelo rio Nilo e até o sul pelos Grandes Lagos africanos. Segundo o mesmo autor, essa civilização sobreviveu através da pesca e caça de hipopótamos e crocodilos.

Ambos os autores, apoiados em dados linguísticos e arqueológicos, são de pleno acordo que entre essas civilizações havia uma infinidade de etnias, a exemplo dos "Cuchitas", etnia responsável pela entrada de cabras e rebanhos de grande porte na África devido à aversão ao peixe e à prática da circuncisão. Estes ocuparam o Quênia, Etiópia e a atual África do Sul.

Quanto à civilização Banto, ocupou territórios onde estão o Zaire, Angola e Moçambique. Quanto aos Orubás e/ou Nagôs, ocuparam a atual Nigéria. Tanto os bantos quanto os nagôs desenvolveram a agricultura e fizeram uso de ferramentas de metal.

Outro ponto em que os autores são de pleno acordo é referente à rota comercial no Mediterrâneo, ligando a África com o mundo árabe, que consolidou o desenvolvimento de sociedades complexas em mais de 5000 a.C.

Para Salama (2010), merece destaque a civilização Garamantes do século II a.C. Foi esse povo que forneceu elefantes, leões e tigres aos romanos para sua política circense no Coliseu. Foram muito importantes para o desenvolvimento comercial entre África e Roma, mas também uma imensa contribuição para a extinção de muitas espécies.

Entre os séculos VII e XV, como consequência das intensas rotas comerciais, e entre estas o islamismo, a África sofreu forte influência dos seguidores de Allá.

Segundo Hrbek (2010), a conversão de soberanos da África Sudanesa teria sido estimulada pela tese do islamismo ser uma religião universal, isto é, o Islã chegou à África como uma espécie de solução ideológica, cuja finalidade era preservar o poder dos soberanos. Isso comprova que os muçulmanos foram eloquentes junto aos líderes de clãs e reinos da África. Converteram governantes para depois converterem os governados, fazendo da África uma extensão da Ummah (comunidade dos fiéis do Islã), porém não ocorreu o mesmo entre os séculos XVI e XIX.

Com a presença europeia, principalmente da Inglaterra, pioneira no processo de conquista do território africano, enquanto os governantes africanos ofereciam ouro, esmeralda, diamante e mão de obra escrava, os europeus ofereciam quinquilharias e bugigangas.

Com a instalação do tráfico de seres humanos pelo Atlântico, a África conheceu o subdesenvolvimento e a miséria, sendo tudo isso mediante aprovação de reis e outros governantes africanos, vassalos de cortes europeias, principalmente da coroa inglesa.

Quando a Inglaterra proibiu o tráfico de seres humanos para alimentar o sistema escravocrata, consolidou ainda mais a miséria na África, monopolizando a produção agrícola e pastoril do continente durante o século XIX.

Quanto à religião, já na pré-história da África havia um pluralismo religioso muito vinculado com a natureza e influenciado por questões geográficas, culminando no sincretismo religioso e teológico. Mas a partir da presença romana, hebraica e islâmica chegou à África a ideia de monoteísmo e da fé vinculada ao poder político.

Quanto à documentação e fontes históricas, não há qualquer texto escrito considerado sagrado na história da África, porém com a publicação das obras *The history of the Yorubas* e *História Geral da África*, escrita por intelectuais africanos sob coordenação de Joseph Ki-Zerbo, devemos valorizar ainda mais a tradição oral na história do pensamento africano.

A primeira obra é de autoria do reverendo Samuel Johnson, nascido em Serra Leoa, em 1846. Nesta, o autor resgata a cosmogonia Yorubá, fundamental para a compreensão da ancestralidade e da experiência religiosa existente no candomblé.

A obra de Johnson foi publicada em 1921, sendo fundamental e aporte crítico na compreensão das etnias no processo de criação do Estado Nigeriano, servindo de fonte para qualquer estudioso da africanidade.

A segunda obra teve início no Primeiro Congresso Internacional de Africanistas, realizado em Acra, capital de Gana, em 1962, sob patrocínio da Unesco. Na ocasião, o evento reuniu mais de 500 especialistas em África. O projeto foi aprovado na 16ª Assembleia Geral da Unesco no ano seguinte. Foi um árduo trabalho de síntese a partir dos dados da arqueologia e outras fontes, o qual abordou as relações históricas entre as diversas regiões do continente em diferentes períodos históricos, partindo da pré-história da África e contemplando na pesquisa as múltiplas civilizações do continente africano e suas principais instituições.

No sétimo volume, mesmo sendo alvo de severa crítica, apresenta uma boa síntese da arte e da religião afro. São seis capítulos que enfatizam a "voz dos vencidos" e/ou práticas de resistências perante o processo de conquista do continente africano em diferentes regiões, omitindo as alianças ocorridas entre conquistadores e lideranças dos próprios conquistados durante o século XIX.

Entretanto, as duas obras valorizam e confirmam o que sabemos via tradição oral banto e nagô, etnias que chegaram ao Brasil via brutalidade europeia e suas práticas de tráfico de seres humanos para alimentar o sistema escravagista, protegido pelas bênçãos do catolicismo.

Ainda, os textos citados confirmam a existência de uma teologia de matriz africana e asseguram a veracidade da tradição oral, tão presente nos terreiros de candomblé e/ou umbanda e/ou macumba, e tornam-se de suma importância para buscar e entender Deus com rosto negro.

— Pai, candomblé, macumba e umbanda, há diferenças?

— Minha cara Bela, as três expressões chegaram ao Brasil por povos diferentes que saíram da África. Não foi apenas um idioma ou dialeto africano que aqui chegou. Por isso as palavras são diferentes, mas a tradição religiosa é a mesma.

— Amor, macumba não é coisa do mal?

— Nada disso, Betelza, macumba é a mesma experiência religiosa do candomblé e da umbanda. Religião que faz o mal não é religião. Na macumba invocam-se os orixás, seres espirituais para a felicidade humana.

— Pai, quantos deuses há no candomblé?

— Minha cara Bela, nas diversas tradições religiosas afirmei que Espírito, Anjo, Kami, Tao e Energia não têm formas, são criaturas envolvidas no mistério, ao absoluto e/ou infinito, ao Theós, palavra grega que foi traduzida por Deus, a quem as tradições religiosas apresentaram conceitos ou definições e/ou nomes, sempre a partir do contexto vital e/ou cultural.

Por exemplo, no cristianismo Deus é Trindade, mas há outras criaturas divinas como os arcanjos e querubins, os santos do cristianismo católico e, mais especificamente, a imagem de Nossa Senhora Mãe de Deus e/ou de um da Trindade.

Na teologia afro a tradição oral preservou as mais diferentes imagens de Deus, sendo todas vinculadas e/ou em comunhão com a Mãe Terra. São os orixás, a energia que envolve o humano e a natureza, a imanência com a transcendência.

Segundo Johnson (1921), a cosmogonia afro contempla OLORUM (OLODUMARE), a energia primordial, o Mistério, o infinito, Aquele que é, o Criador que criou o ORUN, o mundo espiritual. É um conceito oposto à imagem de céu do cristianismo e do islamismo. Está mais próximo do conceito dado ao Panteão Xintoísta.

No ORUN estão os orixás, os filhos de OLORUM. Entre eles, OXALÁ, o mais velho, e os demais, como ODUDUWA, OBATALÁ, EXU, YEMANJÁ e tantos outros.

OLORUM confiou a OXALÁ a substância escura para criar AIYE, o mundo material, mas OXALÁ (masculino) recusou-se a fazer os rituais necessários para dar origem a AIYE. EXU não gostou da atitude racional de OXALÁ (atitude própria do masculino) e antes que OXALÁ saísse do ORUN, EXU fez com que OXALÁ sentisse sede, obrigando OXALÁ a furar uma palmeira. Dela saiu um líquido saboroso, era vinho de palma. OXALÁ bebeu, saciou a sede e dormiu. ODUDUWA, vendo que OXALÁ dormia, pegou a substância escura e levou até OLORUM. Este permitiu que ODUDUWA partisse. Ao chegar de ORUN, ODUDUWA (feminino), em comunhão e amor com OBATALÁ (masculino), lançou a substância escura sobre as águas, formando um pequeno monte. Sobre o monte sentou uma ave que ciscou com seus cinco dedos (visão dos cinco continentes?), espalhando a substância, dando origem a AIYE, a Terra, a Mãe Natureza.

Entre ORUN e AIYE há uma união hipostática ou comunhão. Assim, terra e vida são os princípios básicos do candomblé, razão de ser do terreiro. Com os pés ao chão, terra e vida celebram a unidade, a comunhão e o amor. Daí a necessidade de resgate da teologia de matriz africana, sempre vinculada com o meio ambiente, podendo ser de grande valia para a formatação da consciência humana para gestar um espírito sustentável.

E como acontece essa comunhão entre ORUN e AIYE? Qual é o elo entre ambas as realidades? O que liga as duas realidades são os ORIXÁS, criaturas sagradas que estão no ORUN, mas atuam em AIYE, a realidade material ou natural.

Em ORUN há mais de 400 ORIXÁS, tendo cada um alguma espécie de missão em e com a AIYE. Vejamos sete exemplos de ORIXÁS, os mais populares no candomblé de origem Yorubá, muito presentes no Brasil.

1. EXU: a comunicação entre imanência e transcendência só é possível via aprovação de EXU. Sem EXU, AIYE, o terreiro e tudo o que está em AIYE ficam desprotegidos. Deixar EXU de lado é caminhar sozinho na estrada da vida. Sem EXU nada evolui, nada cura, nada melhora, podendo até mesmo retroceder. Em vez de bênçãos, ocorre perdição ou maldição. Na liturgia do Terreiro Sagrado de Candomblé, primeiro invoca-se EXU com o rito do "Padê de EXU", no qual são oferecidos alimentos e bebidas ao Orixá. EXU é alegria, ninguém fica deprimido.

2. OGUM: é filho de ODUDUWA. Após a criação de AIYE, OGUM, diante de tanta beleza e amorosidade da própria Mãe, ficou apaixonado por ela (seria o complexo de Édipo africano?). Por isso, OGUM passou a ser desprezado pelas mulheres e foi expulso para AIYE, a Terra, passando a viver nas matas e tendo que fazer suas próprias ferramentas para o trabalho e defesa pessoal. OGUM é venerado apenas pelos homens. OGUM é o senhor da guerra e da agricultura.

3. OBÁ: com sua doçura e beleza é a senhora que controla as águas doces, evitando tormentas e enchentes. Tem em si a força natural do feminino. É a protetora das mulheres e sua beleza vai além do físico. É ainda a Orixá que faz justiça.

4. OXÓSSI: é filho de OXALÁ e YEMANJÁ. Vive nas matas, é a força que domina a Natureza. Com OXÓSSI presente, a morte não chega. Com OXÓSSI não há fome. É protetor dos caçadores, mas também das florestas, permitindo apenas a retirada da vida para saciar a fome.

5. OXALÁ: é o orixá mais velho. Manifesta-se como idoso vestido de branco ou jovem vestindo roupa prateada. Rejeita a violência e conflitos.

6. YEMANJÁ: é a Orixá Mãe de todos os demais Orixás. É a rainha dos mares, protetora dos pescadores e marinheiros. É ela que restaura as emoções e propicia a fecundidade. YEMANJÁ está sempre com seios volumosos, pronta para alimentar os seus filhos.

7. YORI: são dois Orixás, os protetores das crianças. Estão sempre em comunhão com tudo o que nasce. São as criaturas mais puras do ORUN. YORI têm a cura para qualquer enfermidade das crianças. O domingo é dedicado a YORI, a força e energia das crianças. YO é a vitalidade que sai da energia e RI é a potência que se manifesta, gerando vida.

— Pai, eu sou banto ou nagô?

— Bela, seus ancestrais estão entre os bantos e nagôs, você tem sangue afro, é filha de Oxalá e tem Yemanjá como protetora. Talvez tenha sido Oxalá, que se reveste de velho, que tenha colocado você em meu caminho.

— E eu, amor? Quem é meu orixá?

— Não sou babalorixá, um pai ou mãe de santo, mas me arrisco a dizer que você é filha de Obá, que tem em si a beleza e sapiência do feminino.

Quando disse isso, uma lágrima caiu pelo rosto de Betelza, me presenteou com um beijo em meus lábios, e Bela sorriu, olhou para o céu e fez um agradecimento.

— Oxalá, meu pai, que me deste o pai que sempre esperei, me deste uma mãe com a doçura de Obá, a Ti expresso minha gratidão, meu amor. Que esta paz e felicidade que sinto sempre esteja em minha nova família.

— Bela e Betelza, jamais esqueçam de nossos ancestrais. Muitos deles derramaram sangue afro em terras brasileiras devido à arrogância e covardia de poderosos que aqui se instalaram com a força da cruz e da espada.

Desde meados do século XV, navegadores portugueses tinham capturado na costa da Guiné alguns africanos, que depois tinham sido vendidos na Europa. O tráfico era uma prática habitual no contexto, mas aos poucos foi sendo limitado, ficando sob domínio de Portugal e, em pequena parte, da Espanha. Las Casas, para defender com mais eficácia os indígenas americanos, teve uma ideia, cujas consequências não podia prever:

> Sua Majestade poderá dar por alguns anos a algumas pessoas assinaladas e fazer mercê a um de cinquenta mil maravedis; a outro de cem; a outros de mais; a outros de menos, para serem ajudados a povoar a terra até se arraigarem nela... e também mandar emprestar ou fiar a eles alguns escravos negros a serem pagos dentro de três ou quatro anos, ou como for sua real vontade e mercê (Suess, 1992, p. 753).

Las Casas, embora impetuoso defensor dos indígenas da América, não suspeitava jamais ter cooperado de forma voluntária ou involuntária para uma opressão ainda mais dura e desumana.

A escravidão dos índios foi sendo substituída pela escravidão e comércio dos africanos; porém, com o tempo, a iniciativa se desenvolveu até assumir proporções gigantescas; sobretudo, quando, em meados do século XVII, já se exaurindo as minas de ouro e de prata na América, exploradas vorazmente pelas primeiras gerações de conquistadores, foram incrementadas em grande escala no Brasil as plantações de açúcar, de algodão e de fumo, bastante lucrativas, mas que exigiam mão de obra cada vez maior de pessoas vinculadas à agricultura, a exemplo dos bantos e nagôs.

Navios espanhóis e portugueses se juntaram a franceses e ingleses, que acabaram depois suplantando totalmente os primeiros. Em 1713, o Tratado de Utrecht pôs fim à Guerra da Sucessão Espanhola. A partir dele, a Inglaterra chegou até a garantir para si o monopólio do tráfico negreiro.

No início, os traficantes promoviam uma espécie de caçada: chegavam às terras africanas, invadiam as aldeias, perseguiam e prendiam seus habitantes, destruindo toda organização social e familiar. Chegando ao Brasil, o país que mais recebeu escravos na história, havia um processo de tentativa de aniquilamento cultural e religioso.

Posterior ao batismo exigido pelo catolicismo, os africanos eram comercializados como objetos. No trabalho, bantos e nagôs sempre estavam sob vigilância de capatazes. Qualquer deslize era motivo para torturas com a máxima severidade.

Os castigos mais conhecidos ocorriam no pelourinho. A castração, a amputação de seios e a quebra de dentes com martelo foram meios para estabelecer o poder sobre os africanos, sob bênção do catolicismo.

Assim, o sistema ia se consolidando. E no meio do sistema escravagista estavam as dioceses e mosteiros com seus bispos e abades que legitimavam o holocausto afro em nome da cruz e do ouro. A própria hierarquia católica se via diante de um sistema que legitimava a morte em nome de Deus.

A escravidão foi uma forma extrema de exploração de mão de obra pela qual o poder estatal transformou o ser humano afro em propriedade. O escravo era reduzido a mero objeto, podendo ser comprado e vendido, emprestado ou alugado, como qualquer outra mercadoria ou como um animal qualquer. A escravidão e o tráfico de seres humanos foram essenciais para a montagem da estrutura do sistema colonial da América Latina entre o final do século XV e o início do século XIX.

A escravidão tornou-se uma instituição que ocupou o centro do sistema colonial. Toda a sociedade estava assentada sobre o trabalho escravo. O Brasil foi uma das primeiras colônias da América onde se explorou o trabalho do negro em regime de escravidão e também foi a colônia que mais recebeu escravos durante os quatro séculos de escravidão.

Em meio ao vergonhoso holocausto afro no Brasil, a presença associativa e organizada da comunidade negra na sociedade brasileira surgiu sob proteção dos orixás. Entre as organizações negras, às vezes frágeis e um tanto desarticuladas, estavam os quilombos, vilas de liberdade.

Os conquistadores dos séculos XVII e XVIII diziam que os quilombos eram habitações de negros fugitivos em lugares despovoados. Na verdade, os quilombos eram mais do que isso. Foram organizações políticas e comunitárias, alternativas ao sistema de dominação escravagista. Neles, os escravos se organizavam à margem, em oposição à sociedade escravocrata, formando uma sociedade alternativa.

O quilombo mais conhecido foi Palmares, propriamente uma federação de quilombos, um verdadeiro sistema de produção alternativa à sociedade colonial. Resistiu quase cem anos às tentativas de destruição e foi preciso formar um exército de quase seis mil mercenários para destruí-lo.

Em seu percurso histórico as organizações negras tiveram ainda nas confrarias religiosas e nas irmandades ambientes expressivos de manutenção da unidade social. Grupos religiosos como o candomblé, terreiros de Xangô e da umbanda também constituíram formas de organização negra e de resistência.

Os primeiros sinais de resistência apareceram logo nos navios que cruzavam o Atlântico, carregados de africanos. Há registro de práticas de resistência nos navios como aconteceu no navio "L'Africain", em 1738, e na Revolta dos Macuas, em 1823.

Ainda, a prática do aborto, para não dar à luz um filho escravo, a do suicídio, a greve de fome e o banzo não devem ser lidas como desespero, mas como último recurso de resistência que prejudicava os senhores do regime escravagista brasileiro.

Como no período da escravidão, depois da "abolição" o negro resistiu à dominação em suas diversas formas. Desde as revoltas dos marinheiros negros como João Cândido em 1910, surgiram outras organizações de resistência.

Outra forma de resistência cultural e política ocorreu através da arte nas atividades das Escolas de Samba a partir de 1928 e no Teatro Experimental do Negro em 1944 no Rio de Janeiro. E na Bahia as organizações carnavalescas como o "Afoxé Filhos de Gandhi", em 1949, e o bloco "Ilê Aiyê", em 1974, expressaram gritos de resistência e resgate da identidade cultural. O que seriam apenas grupos carnavalescos tornaram-se fortes movimentos sociais afro em terras brasileiras.

— Bela e Betelza, nossos ancestrais foram valentes e trouxeram a energia dos Orixás. Seja nos quilombos, na religião ou na arte, a palavra "resistência" virou bandeira afro.

Uma das primeiras religiões afro é o candomblé. Dependendo do contexto, pode receber outros nomes, como xangô, em Recife, Alagoas e Paraíba; candomblé, na Bahia; tambor, no Maranhão; batuque e baçuê, na Amazônia; batuque, no Rio Grande do Sul; macumba, em São Paulo e Rio de Janeiro.

De origem sudanesa, os terreiros de candomblé preservaram o culto aos Orixás. O candomblé é uma experiência religiosa de grande beleza em suas celebrações. A comunhão entre o humano e o divino ocorre por meio da dança. É talvez a mais intensa e mais antiga experiência religiosa da humanidade. O candomblé procura a harmonia entre o ser humano e a natureza, porém as formas difundidas da tradição afro no Brasil são aquelas que genericamente se chamam de umbanda.

Tecnicamente, o nome mais correto seria macumba, no entanto a macumba ganhou uma conotação pejorativa dada pelos poderosos do catolicismo e do protestantismo, devido à intolerância religiosa e violência em nome de Deus, que propagaram a discriminação e estimularam a perseguição religiosa.

O espaço do candomblé é a natureza. É uma religião ligada à terra. É necessário que haja plantas, água corrente e animais para as obrigações e os sacrifícios aos Orixás. Por isso é necessária a luta por terra e liberdade onde o povo negro possa celebrar os Orixás.

O terreiro deve estar sempre aberto a todos. Se alguém deseja fazer a iniciação, faz-se necessária a ligação do candidato ao seu Orixá e incorporá-lo. Cada pessoa nasce com seu Orixá. Todo Orixá tem sua planta específica, que geralmente é medicinal. O mistério e/ou transcendente no terreiro é vivenciado através dos Orixás. Celebrar o culto aos Orixás é receber a "AXÉ", a força da natureza e dos ancestrais que possibilita vida nova e liberdade.

Participar do terreiro é entrar em comunhão com os ancestrais, resgatando a real identidade do ser humano. O terreiro se torna um espaço onde é possível viver a esperança da libertação.

Atualmente é possível encontrar na história momentos em que se percebe a ligação dos terreiros de candomblé às lutas populares. Segundo Felix (1987), o movimento do Afoxé Filhos de Gandhi surgiu a partir de um grupo de 40 homens que eram estivadores ligados ao candomblé do terreiro do Ilê Axé Opô Ajanju. Essa categoria de trabalhadores foi a mais organizada e consciente da história da Bahia. O nome escolhido foi em homenagem a Mahatma Gandhi, o grande líder da luta pela emancipação do povo da Índia contra o colonialismo inglês e o racismo na África do Sul. Na época, Gandhi acabara de falecer.

— Por isso, Bela, ame o que o você é, valorize não apenas seu cabelo, sua beleza, sua inteligência e energia que faz de você esta criança sábia, cheia de vida. E mais, resista a todas as formas de opressão que ainda estão presentes na sociedade brasileira e no mundo.

O objetivo do sistema escravocrata que vigorou no Brasil era destruir a identidade do povo africano para dominá-lo. Para isso, foi estruturado um mecanismo para apagar da memória do negro o seu passado.

Oficialmente, não se reconhecia a maneira de trabalhar, de cultivar, de fazer casas, de educar os filhos, de fazer a experiência religiosa, nem a língua dos povos afro. Até as práticas medicinais foram reconhecidas como bruxarias na América. Para aniquilar a identidade afro, bantos e nagôs foram privados da terra, família e liberdade. Foi negada a história e controladas as manifestações étnicas e culturais, via "demonização" da vivência religiosa.

Assim, o sistema escravocrata tentou eliminar a história e a identidade cultural africana na América. Ideologicamente, a destruição dessa identidade era reforçada pela brutalidade da relação branco-senhor e negro-escravo. O negro devia ser reduzido à identidade de "não humano" e/ou apenas uma mercadoria nas relações econômicas. Era considerado rude nas relações pessoais e religiosas, incapaz de entender, merecendo ser tratado como animal. Ser negro era sinônimo de "sem cultura e sem alma". No espaço do terreiro é que se reconstruíam os laços familiares de forma ampla, ao redor dos Orixás.

Participar de um terreiro é pertencer a uma família, significa recuperar e reconstruir uma dignidade pessoal e comunitária. No terreiro, bantos e nagôs encontraram apoio numa organização com normas, hierarquia reconhecida, costumes, conhecimento transmitido, relações afetivas, celebrações, festas etc.

Foi no espaço religioso do terreiro que o povo negro começou a recuperar a sua identidade enquanto povo que tem uma história a ser contada e resgatada. Segundo Boff (1992), os negros escravizados tiveram de ouvir o catolicismo de seus senhores. Afinal, que evangelho uma raposa pode anunciar em um galinheiro? Um senhor de escravos a seus escravizados?

Apesar das imposições dos escravocratas, os negros souberam guardar sua própria religião. A experiência de Deus africana sincretizou-se com elementos ibéricos, indígenas e mestiços, mas conservou suas matrizes africanas e não ocidentais. Por ela, puderam resistir. No espaço não controlado de seus cultos viveram uma liberdade mínima e se sentiram dignificados por serem portadores, em seus próprios corpos em transe, da presença de Deus.

No Brasil, os povos afro sofreram uma violência concentrada: a da escravidão econômica no seu corpo e a da proibição da sua cultura e da religião na sua alma. Mas o Espírito soprou e possibilitou o fenômeno do sincretismo religioso, a exemplo das difundidas "Confrarias do Rosário dos Homens Negros". Elas realizaram uma interpretação mais distintamente catolicizante das religiões africanas. Para estas, o catolicismo não foi mais que um simples verniz.

Assim, nota-se que o sincretismo é histórico e repercutiu um forte grito que ecoou aos ouvidos de muitos e nos apresentou um novo modo de experimentar Deus na perspectiva africana.

Ainda, o encontro das religiões afro, indígena e cristianismo não resultou apenas num sincretismo estratégico, mas também em formas de combinações espontâneas e criativas onde operava a lógica da livre associação, da correspondência livre dos elementos dos sistemas religiosos em questão, propiciando uma maior compreensão da diversidade cultural.

Todavia, o importante é contemplar a maneira como se relacionam as diversas culturas nos dias atuais. Estão longe de ocuparem uma posição semelhante. Há culturas conquistadoras, invasoras e culturas invadidas e conquistadas, no entanto as culturas invadidas procuram resistir para salvar a sua identidade.

Do século XVI até os dias atuais, através das imagens de santos e anjos católicos foi brotando o sincretismo religioso, motivo de grandes conflitos na história do Brasil. Diante disso foram inúmeras as tentativas do catolicismo e do protestantismo de conceituar EXU enquanto a personificação do diabo e os demais ORIXÁS enquanto demônios, fomentando a doentia intolerância religiosa católica e protestante, que tanto mal ainda faz ao mundo.

Por exemplo, na festa de Nossa Senhora Mãe de Deus, no dia 1º de janeiro, na mesma celebração, enquanto o católico louva a santa, olhando para a mesma imagem, o candombleteiro olha para a santa e invoca YEMANJÁ.

Na festa de São Sebastião, no dia 20 de janeiro, enquanto o católico celebra o santo, o candombleteiro invoca OXÓSSI. Na festa de São Miguel Arcanjo, no dia 29 de setembro, enquanto o católico invoca o Arcanjo Miguel, o candombleteiro invoca EXU.

Na festa de São Jorge, no dia 24 de abril, enquanto o católico venera o santo, o candombleteiro invoca OGUM. Na festa de Natal e no dia 15 de janeiro, festa de Nosso Senhor do Bonfim, que é o próprio Jesus Crucificado, enquanto os cristãos celebram o nascimento de Jesus e adoram o Cristo, o candombleteiro também está em festa, é dia de OXALÁ.

No dia 30 de maio, enquanto os cristãos católicos celebram Santa Joana D'Arc, o candombleteiro celebra OBÁ, a protetora das mulheres. No dia 27 de setembro, quando os católicos celebram São Cosme e São Damião, o candombleteiro invoca YORI, os Orixás das crianças.

Quanto à simbologia, o candomblé não é único, há um pluralismo religioso, e ele se divide em diversos segmentos, sendo cada um com sua própria identidade e nome próprio.

Quanto às lideranças, tem-se o/a babalorixá, o Pai ou Mãe de Santo por excelência, são os mestres espirituais. Quanto aos símbolos, destacam-se o ogó, símbolo de EXU, objeto de aparência fálica o qual liga o Orixá com a sexualidade e fertilidade. A espada e o escudo, a proteção de OGUM. Abebé prateado, símbolo de YEMANJÁ e outros.

Entre os principais eventos e celebrações do candomblé de origem Yorubá, muito presentes no Brasil estão:

1. Invocação de EXU: os ambientes preferidos para invocar EXU são as encruzilhadas da vida. Na dúvida e insegurança da vida, EXU aponta o caminho e a verdade. Suas cores são o vermelho e o preto e tem a segunda-feira enquanto dia em que sua energia está em maior evidência. Seus filhos são festivos e justos.

2. Invocação de OGUM: é o senhor da guerra e da agricultura. Suas cores são o azul e o branco. Sua energia é mais forte ainda na terça-feira. Seus filhos são valentes e vencedores.

3. Invocação de OBÁ: é o Orixá da justiça. Suas cores são o vermelho e o branco com detalhes amarelos. Com OBÁ, as mulheres são mais fortes do que já são.

4. Invocação de OXÓSSÍ: com OXÓSSI não há fome. É protetor dos caçadores, mas também das florestas, permitindo apenas a retirada da vida para saciar a fome. Suas cores são o verde e o azul. Na quinta-feira sua energia é mais forte que a morte.

5. Invocação de OXALÁ: é o Orixá da esperança e da paz. Sua cor é o branco. Na sexta-feira sua energia irradia com mais força. Seus filhos são pacifistas.

6. Invocação de YEMANJÁ: é a Mãe por excelência. Suas cores são o azul e o branco. Aos sábados sua energia contagia a todos com mais evidência.

7. Invocação de YORI: o domingo é dedicado a YORI, a força e energia das crianças. YO é a vitalidade que sai da energia e RI é a potência que se manifesta, gerando vida.

CAMINHO 10

PROCURANDO DEUS NA FILOSOFIA

Após a semana vivenciada ao lado de Bela e Betelza em fevereiro de 2020, ainda continuo trabalhando em Brusque e morando em Blumenau. A casinha rosa não existe mais, foi vendida e o comprador a derrubou. Da casinha ficou um pé de rosa plantado na varanda do apartamento, o urso marrom e Ganesha, a elefante querida de Bela.

Betelza e Bela vivem comigo no apartamento do bairro Água Verde em Blumenau. Formamos uma família que tem seus desafios. Estamos sempre juntos e a felicidade é nossa companhia diária, apesar de que entendo que felicidade não é rir todos os dias.

Bela passou a estudar no Colégio Bom em Blumenau, que não é tão pensante como a Escola de Brusque, mas o necessário. Atualmente está iniciando o ensino médio e completou em 12 de outubro seus 15 aninhos. Continua curiosa e sábia, sem contar a encantadora beleza. Seu cabelo nunca mais recebeu tinta ou chapinha, não por determinação de alguém, mas por vontade própria, assumindo a herança deixada pelos ancestrais.

Naquela semana, no início do ano letivo de 2020, abri um novo ciclo que não pretendo fechar devido às experiências e sensações que diariamente ocorrem na vida em família. Não sou chefe em casa porque não somos tribo ou empresa, somos apenas família, que está bem diferente. Agora somos cinco. Betelza e eu fomos agraciados com duas gestações que nos presentearam com Lumah e Lorenzo, não muito diferentes de Bela. Temos em casa uma Trindade abençoada e protegida por Kami, Anjos e Orixás.

Hoje, segunda-feira, no matutino, foi o primeiro dia de aula de Bela em sua nova fase de estudos. Logo na primeira aula do ensino médio, Bela foi contemplada com a beleza da Filosofia, da qual eu era o professor, o que creio já acrescentou uma nova concepção de mundo e novas dúvidas que vêm gerando novas perguntas em sua mente fértil.

Em 2020 disse a ela que mostraria dez caminhos que poderiam levá-la a Deus. Nove ela tem em mente e sempre solta expressões como shalom, axé, comunhão, saalam aleiko e outras.

Nestes últimos cinco anos sempre indagou sobre o décimo caminho e sempre me esquivei, tarefa nada fácil quando se abre o diálogo com Bela, minha filósofa predileta.

Chegou a hora. Creio que Bela está preparada para ouvir e fazer o décimo caminho e/ou iniciar a procura por Deus na Filosofia. São muitos os filósofos que refletiram sobre Deus. Alguns aderiram a Ele e outros se afastaram, mas continuaram falando e escrevendo.

— Meus caros alunos, eis o tema da aula inicial: "DE ONDE VIEMOS E PRA ONDE VAMOS?". Pode ser que eu apresente um caminho que leve os senhores até Deus ou ao nada.

— Já fez a chamada, professor?

— No ensino médio detesto fazer chamadas, perde-se muito tempo e detesto perguntas do senso comum. Aqui somos filósofos, portanto, faça perguntas filosóficas.

No início da aula me lembrei de meu compromisso com Bela, apontar a procura por Deus na Filosofia, o que exige maturidade e disposição para eliminar as certezas e entrar no caminho da dúvida, vocação dos filósofos.

Aluno de ensino médio sabe que religião e mitologia caminham juntas. Não se sabe ao certo quem surgiu primeiro. Estudante de filosofia e filósofos preferem a dúvida a falácias e sofismas. É pouco para o filósofo o uso do mito quando faltam respostas. Mito e contos infantis se identificam. Afirmar que Deus veio ou fez algo da água, do barro, da luz ou do vento é pouco e/ou pura ilusão. O filósofo procura a verdade e não se deprime em meio à dúvida. A dúvida é estímulo para continuar procurando a verdade.

Segundo Sartre o humano está condenado a ser livre... livre, no meu entender, até mesmo para projetar o infinito, seja junto dos ancestrais, reencarnado, ressuscitado ou queimado para que as cinzas alimentem uma flor ou fruto.

O que devemos dispensar é a imbecilidade de enterrar um cadáver que resulta no necrochorume, componente poluente e inviável aos lençóis freáticos, prática criada por religiões nada sustentáveis.

Não é difícil encontrar religiões que abriram caminhos para um possível encontro com o Transcendente por meio de instituições que partiram da fé e outras pela força da espada para que o humano pudesse encontrar Deus.

No judaísmo percebe-se a dificuldade de comunhão e unidade até mesmo entre os próprios judeus. No cristianismo os cismas são ainda maiores. Um exemplo crucial foi a "noite de São Bartolomeu", ocorrida de 23 para 24 de agosto de 1572, em Paris, França, na qual católicos "cristãos" e protestantes "cristãos" mataram em nome de Deus. No islamismo não é nada diferente, no qual xiitas e sunitas preservam suas verdades e divergem historicamente.

No hinduísmo são muitas as interpretações e divergências. No budismo muito mais. No taoísmo o isolamento de grupos e procedimentos hermenêuticos variam. No jainismo os "vestidos de branco" se opõem aos "vestidos de ar". No xintoísmo não é diferente. No candomblé as interpretações sobre os orixás são bem diversificadas.

Dessarte, se nem as próprias religiões se entendem, quando se trata de ecumenismo, diálogo inter-religioso e coexistência, por que não fazer a tentativa de procurar Deus fora das instituições religiosas, excluindo a arrogância do poder e aderindo aos clássicos da Filosofia?

Atualmente tem sido melhor dialogar com um ateu ético do que iniciar uma conversa com um crente chato, pedante, cheio de convicções falsas e vazio de conhecimentos até mesmo da própria teologia e liturgia da instituição religiosa que professa.

Nesta décima unidade apresento mais um caminho possível para encontrar Deus. É o caminho aberto por filósofos que aceitaram o desafio de falar de Deus, sem incluir a teologia.

Para Kant (1986), Deus não pode ser conhecido pela razão pura porque está fora de alcance da experiência possível, mas não é impossível falar de Deus. Se pela razão pura há impossibilidade, resta o caminho da razão prática. Pela razão pura conhecemos o que é, pela razão prática conhecemos o que "deve ser". Logo, moralmente é possível aceitar que Deus existe, podendo ser o fundamento do "dever ser" humano, portador da consciência moral e/ou razão prática.

Ao publicar *Religião dentro dos limites da razão*, Kant (1793) ressalta a questão do mal/pecado humano, a pessoa de Jesus sem mencionar seu nome, a "Igreja Invisível" e a "Igreja Institucional". A seguir, substitui Jesus pelo humano como ser moral e converte a igreja em ser ético capaz de congregar todos os humanos em uma espécie de República sob leis virtuosas, isto é, dissolve a religião em moralidade. Assim, Deus não é um ser fora de mim, mas a razão prática.

Quanto à "Igreja Instituição" não passa de ambiente de burocratas que apresentam a si mesmos como lei divina; já na "Igreja Invisível", cada humano é um ministro ou servidor do sagrado que trabalha livremente.

Hegel, em sua juventude, escreveu muito sobre religião. Se escrever difícil fosse crime, ele pegaria prisão perpétua. Na obra *Religião popular e cristianismo*, de 1973, concebe a religião como valor educativo. Em *Vida de Jesus*, de 1975, mostra o conceito de religião de Kant. No texto *A positividade da religião cristã*, de 1799, apresenta Jesus como uma espécie de reencarnação de Sócrates, mestre que ensina o caminho da moral.

No texto *A essência do cristianismo*, Feuerbach (1804–1872) reduz a teologia cristã à antropologia. Para ele todos os conceitos e definições que a teologia cristã atribui a Deus devem ser atribuídos ao ser humano porque o humano é o seu Deus.

O elemento fundamental de Feuerbach é a consciência humana constituída pela racionalidade. A consciência que o humano tem de Deus é a consciência de si mesmo. Segundo ele, a teologia cristã propõe uma vida celestial enquanto verdade. Se a vida celestial é verdadeira, então a vida terrena é falsa; porque, quando o imaginário é tudo, a realidade é nada.

Feuerbach aborda a integração entre finito e infinito, e esse infinito é o próprio humano que ainda não está pronto, está evoluindo, vai sendo constituído na história, rompendo com a ideia de absoluto. Segundo ele, o ateísmo é o caminho necessário para o ser humano redescobrir sua dignidade, reconquistando sua essência e a experiência cristã, ou seja, é o relacionamento do humano com o próprio humano, devendo, portanto, a religião ser extinta. Com isso, a Bíblia Cristã deve ser corrigida porque não foi Deus que criou o humano, mas o humano criou Deus à sua imagem e semelhança.

Para Freud (1856–1939), o humano é um ser insatisfeito, tem consciência do finito, mas deseja o infinito; porém, entre o desejo e a realidade, há um abismo; e o infinito é mera ilusão. Mas por que Freud se expressa sobre a ideia de Deus?

Para David (2003), na perspectiva de Freud a criança teme o Pai, mas sabe que poderá contar com Ele nos momentos de perigo. Transportando para a natureza, o humano concebe a ideia de um Pai perfeito, o qual chama de Deus. Assim, religião e teologia perpetuam o humano enquanto criança.

Na solidão e na existência o humano faz a busca por um Pai forte e bondoso. Na infância, muitos conflitos de ordem psíquica não são resolvidos, propiciando a neurose na vida adulta, que nada mais é do que a fuga do adulto ao mundo infantil. Freud acolhe a religião enquanto fuga do adulto ao mundo ideal e feliz da criança.

Para Freud, a história do ser humano tem três estágios: primeiro a fase da magia com seus mitos, o segundo é o estágio religioso instituído e o terceiro é o tempo da ciência. Assim, quanto mais conhecimentos científicos o ser humano portar, mais preparado ele estará, a ponto de abandonar a religião.

Para Teilhard de Chardin (1995), a evolução é a maior descoberta de todos os tempos, na medida em que nos coloca enquanto seres capazes de entender o humano e o universo. A evolução não entra em conflito com a religião; ao contrário, é um argumento a seu favor porque a evolução necessariamente deve passar pelo cristianismo. Fomos criados e ser criado significa estar numa relação transcendental perante o Absoluto e/ou Deus. Segundo ele, na história há uma conjunção: ciência, religião e filosofia.

Segundo Rahner (1969), com Tomás de Aquino é possível dar um fundamento racional para a Teologia. Para o teólogo não produzir uma fé cega, a razão deve ser configurada para perceber Deus. Na teologia antropocêntrica, Rahner busca fundamentação em Heidegger. Ao interrogar o ser, parte do humano enquanto ente; e, buscando entender o ente, procura entender o ser. Com efeito, se o humano pergunta sobre o ser, percebe-se que ele tem um conhecimento do ser em geral e que o ser originariamente se lhe apresenta como essencialmente cognoscível. Interrogar-se sobre o ser em geral revela no próprio humano uma transcendência ao ser em geral. Tal aproximação do ser do próprio humano e/ou o ente é a prova da dimensão espiritual do humano, isto é, o humano enquanto espírito.

Ainda, partindo da dimensão espiritual do humano, Rahner (1969) coloca a existência de Deus como algo absoluto. Assim, o humano é o ente que na liberdade procura e encontra Deus, o ente Absoluto. E ao afirmar a finitude real do ente Absoluto postula a afirmação possível do ser Absoluto que se manifesta livremente na criação enquanto automanifestação do Mistério/Deus que possibilita a revelação através da palavra humana, que expressa sua ideia e/ou o objeto que atingiu. Para Rahner, a antropologia é o ponto de partida para o acontecer da teologia ou antropologia transcendental.

Para Bultmann (2003), o processo de teologar requer o filosofar. Logo, a filosofia é imprescindível para a teologia, principalmente o existencialismo, pois este fornece ao teólogo um esquema geral da autêntica existência, sem predeterminar sua atuação concreta em cada instante particular. Segundo o existencialismo, o ser humano é diferente das demais criaturas, ele tem consciência do real, é um projeto infinito e carregado de possibilidades, podendo ter múltiplas opções e decisões.

No pensamento de Lévinas (1961), Deus não é um tema de destaque, mas ao publicar *Totalidade e infinito* destacou o tema da Transcendência e da Ética.

— Pai, donde viemos e pra onde vamos?

— Tudo é matéria e energia, Bela... A energia pode ser cada vez mais minuciada, passamos pelo átomo, para as partículas elementares chamadas de quarks, as menores das menores partículas até atingir o campo energético, uma mistura de partículas e energias que resultam no "vácuo quântico", o útero que de tudo vem e para o qual tudo vai.

Em 1927, o padre Lemaitrê apresentou a teoria do Big Bang, complementada pela teoria do Universo inflacionário do norte-americano Alan Guth em 1980. Antes da explosão primordial está a energia, um Mistério.

No "tempo zero", no "limite de Planck", ali está a gênese de tudo o que existe: estrelas, planetas, vegetais, minerais, humanos e até mesmo Fofinho sepultado no caminho de Brusque e reencarnado em uma rosa amarela.

Atualmente, constata-se a existência de mais cem galáxias. Nossa galáxia é a Via Láctea, que existe há mais de 10 bilhões de anos. As galáxias mais próximas da nossa são as duas "Nuvens de Magalhães" a 300.000 anos-luz da Terra e Andrômeda a 170.000 anos-luz (1 ano-luz é igual a 10.000 bilhões de quilômetros). Perdida na Via Láctea, está nossa casa, a Terra, com 12.800 quilômetros de diâmetro.

Terra e Lua giram ao redor do Sol e estão a 150 milhões de quilômetros. São aquecidas pelo Sol. A Terra era apenas lava em fusão. Gases se soltaram da Terra formando nuvens, dando origem à primeira atmosfera, composta de gás carbônico, amoníaco, monóxido de carbono, nitrogênio e hidrogênio. Após milhões de anos foi se resfriando, endurecendo a lava, o que deu origem ao primeiro solo. Com as nuvens atmosféricas caíram as primeiras chuvas torrenciais, que deram origem aos oceanos.

Aproximadamente há 4,7 bilhões de anos havia na Terra água, metano, hidrogênio e amoníaco, que formaram vinte aminoácidos. Estes se organizaram dando origem a proteínas, glucídios, lipídios e ácidos nucleicos, nascendo o RNA e o DNA. Há quatro bilhões de anos surgiu a primeira célula. A seguir vieram os vírus e bactérias, que resultaram na vida vegetal e animal.

— Quem disse isso, pai?

— Os físicos, biólogos e astrofísicos! Viemos de uma realidade subatômica, é a teoria de Niels Bohr e de Max Planck, e passamos por um processo evolutivo até chegar no *Homo sapiens*, nosso ancestral que viveu há 50 milhões de anos atrás.

Segundo Steven Weinberg (1987), as menores partículas são os "quarks", as partículas elementares. Antes disso havia energia na esfera primordial, estávamos todos na mesma realidade. Constatando a existência dessa energia que gerou tudo, ali está o Mistério-fonte, a causa, o Ab-Soluto, Deus.

CONSIDERAÇÕES FINAIS

A intenção aqui foi apresentar caminhos para a procura de Deus e orientações sobre a construção teológica de cada religião, revelando expressões e/ou esforços da linguagem para tentar conceituar o Tu divino.

Foram apontados dez caminhos e/ou experiências históricas do humano em diferentes culturas que se aproximaram de Deus, mas pode ser que haja outros, talvez o caminho do silêncio, sem qualquer esforço, o que seria preguiça de minha parte.

Do esforço de procurar, pesquisar e dialogar, torna-se possível afirmar que quanto mais nos aproximamos de Deus, maior é o Mistério que encanta e alimenta a esperança de dias melhores nas relações entre humanos, possibilitando experiências ecumênicas, inter-religiosas e coexistenciais.

Quanto ao ecumenismo e/ou comunhão entre as igrejas cristãs, há quem acredite que o movimento ecumênico surgiu enquanto movimento e teologia na Igreja Católica Romana. Ao contrário, quando o movimento ecumênico eclodiu no globo, a Igreja Católica Romana estava bastante atarefada em divulgar e praticar o que havia sido definido no Concílio "Ecumênico" Vaticano I (1869–1870). Importante ressaltar que a expressão "ecumênico" do dito concílio não se refere à participação ativa de demais profissões de fé, mas como apenas ouvintes do próprio concílio.

As duas principais decisões do Concílio Vaticano I não foram ecumê-nicas. A primeira foi a "Constituição Dogmática Dei Filius", que decretou o "cristocentrismo" católico como único caminho para a salvação humana. Já na introdução do documento, a Igreja Católica expressa: "Congregados no Espírito Santo neste concílio ecumênico, sob a nossa autoridade..." (Denzinger, 2001, p. 1.045), isto é, na autoridade do papa. A segunda foi a "Constituição Dogmática Pastor Aeternus" (Denzinger, 2001, p. 1.069), na qual a Igreja Católica decretou ser o poder do papa o caminho a ser observado em questões de fé e norma moral para a salvação humana, isto é, o dogma da infabilidade papal.

Dessa forma comprova-se a não preocupação da Igreja Católica com uma possível unidade entre igrejas cristãs, mas em efetivar o seu próprio poder. Constata-se ainda que a origem dos movimentos ecumênicos está nas igrejas protestantes.

Em 1844 surgiu a Associação de Moços e Moças na Inglaterra, sendo efetivada nos Estados Unidos da América em 1854. Em 1895 apareceu a Federação Mundial de Estudantes Cristãos. Disso resultaram diversos eventos de cunho ecumênico. Com destaque para a Conferência de Edimburgo de 1910, a Conferência do Panamá de 1916, a Encíclica do Patriarca de Constantinopla da Igreja Ortodoxa de 1920, a União Latino-Americana da Juventude Evangélica de 1941, a instituição do Conselho Mundial das Igrejas (CMI) de 1948, a Conferência Evangélica da América Latina de 1949, 1961 e 1969 e a criação do Conselho Nacional das Igrejas Cristãs no Brasil, em 1982.

Destes, destacamos a atuação ecumênica do CMI, fundado em Amsterdam, no contexto caótico e violento da Segunda Guerra Mundial, com a participação de mais de cem igrejas, sem a participação da Igreja Católica Romana, que chegou a proibir teólogos católicos de compor o evento.

O CMI tem sua sede em Genebra, na Suíça, e atualmente é composto por representantes de 345 igrejas, incluindo protestantes históricas, ortodoxas e uma boa parcela das igrejas pentecostais. O CMI é o grande símbolo do movimento e da teologia ecumênica, cujo objetivo é buscar a unidade dos cristãos e propiciar a cooperação entre as igrejas cristãs na construção de um planeta pacífico e justo.

Quanto à Igreja Católica Romana, ainda não faz parte do CMI, mas há uma modesta aproximação, a ponto do Concílio "Ecumênico" Vaticano II (1962–1965) publicar um decreto sobre o ecumenismo, com o título "Unitatis Redintegratio" (Denzinger, 2001, p. 1.571) e/ou orientações práticas para o ecumenismo na perspectiva católica. Atualmente, as atividades ecumênicas do CMI têm foco em três segmentos: relações ecumênicas, diaconia e/ou testemunho público da fé cristã e formação ecumênica.

Quanto ao ecumenismo, segundo Wolff (2002), as igrejas devem ter a coragem de rever sua própria história, não sob o prisma de sua profissão de fé, mas do cristianismo conforme o evangelho, pois cada igreja é uma expressão particular do próprio evangelho.

Quanto à diaconia do CMI, ocorre na defesa da vida ameaçada pela fome, guerras, arbitrariedades, genocídios, etnocídios e ecocídios, revelando que o cristianismo tem algo a contribuir para um mundo mais justo e fraterno. Assim, o CMI comprova que o cristianismo é mais ortopraxia do que ortodoxia.

Quanto ao diálogo inter-religioso, é a aproximação respeitosa e aprendizado com as diferentes tradições religiosas enquanto parte do processo de procurar e experimentar Deus em diferentes ambientes. E quando o desafio foi possibilitar o encontro fraterno e respeitoso entre as diferentes tradições religiosas espalhadas pelo planeta, brotou na história a Teologia do Diálogo Inter-religioso.

Vivemos tempos sombrios carregados de fanatismos e fundamentalismos, seja de ordem religiosa ou política. É um mundo dividido e em crise, carente de diálogo e ética. Até agora o diabo tem tido êxito.

A Teologia do Diálogo Inter-religioso criou a expressão "Diálogo Intercredal" a partir dos escritos do teólogo Claude Geffré (2013). Segundo este, há uma Teologia possível entre judaísmo, cristianismo e islamismo, cuja fé encontra fundamentos na pessoa de Abraão, personagem da Bíblia Judaica, da Bíblia Cristã e do Alcorão Sagrado. Para essa teologia, Geffré usa a expressão "Diálogo e/ou triálogo intercredal".

Quanto à aproximação respeitosa entre tradições religiosas orientais, ocidentais e outras, Geffré usa a expressão "Diálogo e/ou pluralismo Inter-religioso".

O princípio do pluralismo é a existência de "bondade" em todas as tradições religiosas, que todas as religiões estão situadas num determinado contexto cultural onde Deus pode ser encontrado e conceituado e que cada religião tem algo a contribuir à vida no planeta. Esse princípio tem sido o ponto de partida para diversas produções teológicas.

Partindo da Nostra Aetate, decreto do Concílio "Ecumênico" Vaticano II, que trata do diálogo inter-religioso na perspectiva da Igreja Católica Romana, este afirma que devemos aceitar o que há de bom e santo nas demais tradições religiosas.

Quanto à coexistência entre as tradições religiosas, é fundamental observar o multiculturalismo presente no globo. Para Mircea Eliade (1980), a maior descoberta da humanidade é a existência do universo cultural.

No entanto, o cenário atual mostra a internacionalização, a comunicação em escala e a complexidade social, política, cultural e religiosa cada vez mais intensa e tensa.

Atualmente, nem tudo é evolução e desenvolvimento, experimentamos uma aporia e uma crise humanitária e moral, fortemente marcada pela multiculturabilidade que tem como estímulo o fenômeno da globalização.

A crise global obriga o humano a voltar a navegar e/ou migrar, podendo ser afogado em águas estrangeiras porque o país estranho, mesmo sendo cristão, na maioria, não acolhe, muito menos quer saber da ortodoxia e ortopraxia religiosa.

Daí a necessidade da ética se sobressair em relação à religião. Uma ética que garanta a preservação ambiental, direitos individuais, sociais e os diferentes mundos culturais, nos quais o humano é uma espécie em extinção.

É sabido que a religião e o fenômeno da modernidade, incluindo a técnica, fizeram estragos no processo de evolução do humano. Em nome de Deus muitos exércitos foram criados para dominar e matar a religião estrangeira. Em nome da técnica, o humano vem sendo substituído no setor agrícola, industrial, bancário e outros.

Priorizando ciência e técnica em tudo, a identidade dos seres humanos enquanto sujeitos da história vem sendo ofuscada. Para Habermas (2012), é urgente uma mudança de paradigma, da razão instrumental para a razão comunicativa. Pela razão comunicativa, o ser humano pode dar sentido às próprias ações.

Graças à linguagem o humano passa a ser capaz de comunicar percepções, desejos, intenções, expectativas e pensamentos. Pela razão comunicativa, o humano pode resgatar a identidade de sujeito da história, ampliando a ideia de razão.

Para Habermas (2012), a razão iluminista e/ou instrumental gerou no ser humano formas de sentir, pensar e agir, fundadas no individualismo, no isolamento, na competição e no rendimento, causas dos intensos problemas sociais, religiosos e conflitos internacionais, no que tange à degradação do meio ambiente, controle dos recursos naturais, movimentos migratórios e ameaças militares.

Para Habermas, ciência e técnica ampliam as possibilidades humanas, mas elas não podem penetrar em esferas de decisão onde deve imperar a razão comunicativa.

Assim, além de "práticas ecumênicas" entre cristãos, muito bem pensadas e praticadas pelo Conselho Mundial das Igrejas, destaca-se o "triálogo intercredal" entre judeus, cristãos e muçulmanos, o qual fortalece a oposição à intolerância religiosa, havendo ainda o caminho da coexistencialidade e/ou saber viver e conviver com o diferente na cultura e na fé.

Com as inevitáveis mudanças no globo, do dia para a noite o vizinho ou companheiro de trabalho poderá ser alguém diferente, isto é, poderá ser protestante, católico, muçulmano, hindu, judeu, xintoísta, taoísta, budista, candombleteiro ou ateu.

Embora diferente, a aproximação e comunicação irá acontecer. Daí a necessidade da linguagem nas relações humanas. Seja através do olhar, do aperto de mão, da saudação, da oferta de uma flor ou no gesto de estender a mão ao diferente que sofre, sem questionar se o outro é crente ou não.

O agir comunicativo na perspectiva habermasiana transcorre porque o outro é parte da mesma espécie e não porque é adepto de uma religião. Para compreender a teologia coexistencial e/ou buscar Deus, sem a obrigatoriedade ou urgência de encontrá-lo, faz-se necessário o desprendimento de tudo aquilo que vem desumanizando o próprio humano e uma nova consciência que seja menos religiosa e mais ética.

A teologia coexistencial tem como ponto de partida e chegada o humano e o planeta, nossa casa comum que sofre ameaças constantes a partir dos modelos de políticas econômicas que foram efetivadas no globo.

Aproximar do outro, fazer reuniões e celebrações onde cada líder religioso cria seu próprio altar e trono, "tolerar" alguém da mesma espécie e/ou apenas "respeitar" são atitudes insatisfatórias e/ou mera demagogia perante a grande crise que vive o humano.

Salvamos a todos ou pereceremos. É só salvando a existência que talvez um dia possamos entender e experimentar o encontro com a essência, o próprio Deus, que na história tem recebido uma infinidade de nomes, sendo pai e mãe de todos os seus filhos.

REFERÊNCIAS

AGOSTINHO, S. **A trindade**. Tradução de Augustinho Belmonte; revisão e notas complementares de Nair de Assis Oliveira. São Paulo: Paulus, 1994.

AGOSTINHO, S. **Confissões**. Tradução de Maria Luiza Jardim Amarante. São Paulo: Paulinas, 1984.

ALMEIDA, A. J. **O ministério dos presbíteros-epíscopos na igreja do Novo Testamento**. São Paulo: Paulus, 2001.

ANDRAE, T. **Les origines de l'islam et le christianisme**. Tradução de Jules Roch. Paris: Adrien Maisonneuve, 1955.

AQUINO, T. **Suma teológica I**: tratado sobre a santíssima Trindade. Tradução de Alexandre Corrêa. Porto Alegre: Grafosul, 1980.

BARRERA, J. T. **A bíblia judaica e a bíblia cristã**. 3. ed. Petrópolis: Vozes, 1999.

BARROS, B. F. **Japão, harmonia dos contrários**. São Paulo: Saraiva, 2000.

BETTENSON, H. **Documentos da igreja cristã**. 3. ed. São Paulo: Aste Simpósio, 1998.

BÍBLIA DE JERUSALÉM. Tradução: VVAA. São Paulo: Paulus, 1985.

BOFF, C. **A via da comunhão de bens**. Petrópolis: Vozes, 1988.

BOFF, C. **Teoria do método teológico**. Petrópolis: Vozes, 1998.

BOFF, L. **A trindade**. Petrópolis: Vozes, 1996.

BOFF, L. **América Latina**: da conquista à nova evangelização. São Paulo: Ática, 1992.

BOFF, L. **Grito da terra, grito dos pobres**. São Paulo: Ática, 1996.

BOWKER, J. (org.). **O livro de ouro das religiões**. Rio de Janeiro: Ediouro, 2004.

BOWKER, J. **O livro de ouro das religiões**. Rio de Janeiro: Editora Pocket Ouro, 2010.

CAPRA, F. **O ponto de mutação**. São Paulo: Cultrix, 1982.

CELAM. **Conclusões da conferência de Puebla**. São Paulo: Paulus, 1979.

CHAMBERLAIN, B. H. **The Kojiki or Record of Ancient Mathers**. London: Global Grey, 2013.

CHARDIN, T. **O fenômeno humano**. Tradução de Luiz Archanjo. São Paulo: Cultrix, 1995.

CONGAR, Y. **Iniciación al ecumenismo**. Barcelona: Helder, 1965.

CONIO, C. **O hinduísmo**. Lisboa: Círculo de Leitores, 1986.

DALAI LAMA. **Dalai Lama:** sobre o budismo e a paz de espírito. Rio de Janeiro: Nova Era, 2002.

DALAI LAMA. **Uma ética para o novo milênio**. Rio de Janeiro: Sextante, 2000.

DAVID, S. N. **Freud e a religião**. São Paulo: Zahar, 2003.

DENZINGER, H. **Enchiridion simbolorum et declationem de rebus fidei et morum**. 38. ed. Bologna: EDB, 2001.

DERMENGHEM, E. **Maomé e a tradição islâmica**. 2. ed. Tradução de Ruy Flores Lopez. Rio de Janeiro: Agir, 1978.

DIAS MOTA, Z. Perseguindo a Utopia: alguns marcos decisivos na trajetória do Mov. Ecumênico na América Latina e Caribe. *In*: SINNER, R. (org.). **Missão e ecumenismo na América Latina**. São Leopoldo: Editora Sinodal, 2009. v. 1, p. 117-130.

DUSSEL, E. **Storia della Chiesa in America Latina**: dalla colonizzazione alla liberazione. Brescia: Queriniana, 1992.

EL HAYEK, S. **O significado dos versículos do Alcorão Sagrado com comentários**. 11. ed. São Paulo: Marsam Editora Jornalística, 2001.

ELGOOD, H. Arte Hindu. *In*: FARTUHING, S. **Tudo sobre arte**. Rio de Janeiro: Sextante, 2011.

ELIADE, M. **O sagrado e o profano**. São Paulo: Martins Fontes, 1980.

ELIAS, J. **Islamismo**. Tradução de Francisco Manso. Lisboa: Ed. 70, 2003.

FABRI DOS ANJOS, M. **Teologia da inculturação e inculturação da teologia**. Petrópolis: Vozes, 1995.

FAKHRY, M. **Histoire de la philosophie islamique**. Paris: Les Editionsdu Cerf, 1989.

FAZION, G. S. **Lo Zen di Kodo Sawaki**. Roma: Ubaldini, 2003.

FEILER, B. **Abraão, uma jornada ao coração das três religiões**. São Paulo: Sextante, 2003.

FELIX, A. **Filhos de Gandhi**: a história de um Afoxé. Salvador: Central, 1987.

FERRIS, T. **O despertar na Via-Láctea**. São Paulo: Campus, 1990.

FEUERBACH, L. **A essência do cristianismo**. Tradução de José da Silva Brandão. Petrópolis: Vozes, 2007.

FILHO, M. A. **Falsafa**: a filosofia entre os árabes: uma herança esquecida. São Paulo: Palas Athenas, 2002.

FISCHER, J. História dos dogmas, história da teologia, história do pensamento cristão. **Revista de Estudos Teológicos**, São Leopoldo, a. 48, n. 1, p. 83-100, 2008.

FORZANI, G. J. **I Fiori Del Vuoto**. Introduzione Allá filosofia giaponese. Torino: Bollati Boringheri, 2007.

GARAUDY, R. **Promessas do islã**. Rio de Janeiro: Nova Fronteira, 1988.

GARCIA-GALLO, A. **Estudio de historia del derecho indiano**. Madrid: Instituto Nacional de Estudos Jurídicos, 1972.

GEFFRÉ, C. **De Babel a Pentecostes**: ensaios de teologia inter-religiosa. São Paulo: Paulus, 2013.

GEFFRÉ, C. **O Deus uno do islã e o monoteísmo trinitário**. Petrópolis: Concilium, 2001. p. 91-99.

GEIGER, A. **Judaism and Islam**. Tradução de F. M. Young. New York: KTAV, 1970.

GIODANI, M. C. **História do mundo árabe medieval**. 3. ed. Petrópolis: Vozes, 1992.

GIRA, D. **Budismo**: história e doutrina. Petrópolis: Vozes, 1992.

GRANET, M. **O pensamento chinês**. Rio de Janeiro: Contraponto, 1997.

GRUBER, E.; KERSTEN, H. **O Buda Jesus**. São Paulo: Best Seller, 1995.

GUTIERREZ, G. **O Deus da vida**. São Paulo: Loyola, 1989.

GYATSO, T.; HOWARD, C. **A arte da felicidade**. São Paulo: Martins Fontes.

HABERMAS, J. **Teoria do agir comunicativo**: racionalidade da ação e racionalização social. Tradução de Paulo Astor Soethe. São Paulo: Martins Fontes, 2012.

HEALTHER, E. Arte Hindu. *In*: FARTHING, S. **Tudo sobre Arte**. Rio de Janeiro: Sextante, 2011.

HEBERT, J. **Shinto the fountainhead of Japan**. New York: Stein and Day, 1967.

HEGEL, G. W. F. **História de Jesus**. Madrid: Taurus, 1981.

HERNANDEZ, M. C. **Histoire del pensamento e nel mundo islamico**. Madrid: Alianza, 2000.

HERSLEY, R. A.; HANSON, J. S. **Bandidos, profetas e Messias**: movimentos populares no tempo de Jesus. São Paulo: Paulus, 1995.

HIRSCH, S. **Manual do herói**. São Paulo: Martins Fontes, 1995.

HRBEK, I. A África no contexto da história mundial. *In*: FASI, M. **África do século VII ao século XI**. 2. ed. rev. Brasília: UNESCO, 2010.

HUAI-CHIN, N. **Breve História do Budismo**. Conceitos do Budismo e do Zen. Rio de Janeiro: Gryphus, 1999.

HUGOT, J. H. Pré-História da África do Saara. *In*: KI-ZERBO, J. **Metodologia e pré-história da África**. 2. ed. rev. Brasília: UNESCO, 2010.

HUMPHREYS, C. **O budismo e o caminho**. São Paulo: Cultrix, 1969.

IAMAMURA, K. **Prehistoric Japan**. New Perspectives on Insular East Asia. Honolulu: University of Hawaii Press, 1996.

IMMARRONE, L. **Giovanni Duns Scoto, metafisico e teólogo, le tematiche fondamentali della sua filosofia e teologia**. Roma: Miscellanea Francescana, 2003.

IWASCHITA, P. **Maria e Iemanjá**: análise de um sincretismo. São Paulo: Paulinas, 1991.

IZUTSU, T. **Hacia una filosofia del Budismo Zen**. Madrid: Trotta, 2009.

JOHNSON, S. **The history of the Yorubas**: from the earliest times to the beginning of the British Protectorate. Lagos, Nigéria: Bookshops, 1921.

KANT, I. **Crítica da razão prática**. São Paulo: Abril Cultural, 1976. (Coleção Os Pensadores).

KANT, I. **La religión dentro de los limites de mera razón**. Tradução de Martinez Marzoa. Madrid: Alianza, 1986.

KENNETH ZYSK, G. **Medicine in the Veda Religious Healing in The Veda.** New York: MLBD, 1985.

KLOPPENBURG, B. Ensaio de uma nova posição pastoral para a Umbanda. **Revista Eclesiástica Brasileira,** Petrópolis, n. 48, p. 506-527, 1982.

KÜNG, H. **História das religiões:** busca de pontos comuns. Rio de Janeiro: Verus, 2001.

KÜNG, H. **Projeto de ética mundial.** São Paulo: Paulus, 2002.

KÜNG, H. **Religiões do mundo.** Em busca dos pontos comuns. São Paulo: Verus, 2004.

KÜNG, H. **Religiões do mundo.** São Paulo: Verus, 2004.

LAO TSE. **Tao Te Ching:** o livro do caminho e da virtude. Tradução de Wu Jyh Cheang. São Paulo: Editora Ursa Maior, 1996.

LEON-PORTILLA, M. **A visão dos vencidos.** Porto Alegre: L&PM, 1987.

LIÃO, I. A economia divina: magnanimidade do desígnio. *In*: LIÃO, I. **Contra as heresias:** denúncias e refutação de falsa gnose. São Paulo: Paulus, 1995. p. 193-194. Disponível em: https://bit.ly/3hA2IsD. Acesso em: 31 jan. 2020.

LITTLETON, C. S. **Conhecendo o Xintoísmo.** Petrópolis: Vozes, 2010.

LITTLETON, C. S. **Understanding Shinto.** London: Duncan Baird Publishers, 2002.

LOPEZ MARTINEZ, M. **Politica sin violencia.** La noviolencia como humanización de la Politica. Bogotá: Uniminuto, 2006.

MARTINA, G. **História da igreja:** era do absolutismo. São Paulo: Loyola, 1996.

METZGER, M. **História de Israel.** São Leopoldo: Sinodal, 1984.

MILLER, J. **Daoism:** a Beginner's Guide. Oxford: Oneworld, 2008.

MIRCEA, E. **O sagrado e o profano.** Lisboa: Livros do Brasil, 1980.

OS VEDAS. **Sabedoria milenar da Índia.** Tradução de Raul S. Xavier. Rio de Janeiro: Ed. Fontoura, 1957.

PANNIKKAR, R. **The unknown crist of hinduism.** New York: Orbis Book, 1981.

PERES, L. de A. **Religião e segurança no Japão:** padrões históricos e desafios no século XXI. Dissertação (Mestrado em Ciência Política) – UFRGS, Porto Alegre, 2010.

PRIGOGINE, I. **Entre Tempo e a eternidade**. São Paulo: Companhia das Letras, 1992.

RABIN, C. **Qumran studies**. Londres: Oxford University Press, 1957.

RAHNER, Karl. **Teologia e antropologia**. Tradução de Edson Bini. São Paulo: Paulinas, 1969.

RAMÓN GUERRERO, R. La teocracia islâmica: conocimiento y política en al-Fārābī. *In*: MEIRINHOS, J. F. (org.). **Itinéraries de la Raison**: études de philosophie médiévale. Louvain: La Neuve, 2005.

ROBINET, I. **Taoism**: growth of a religion. Stanford: Stanford University Press, 1997.

RODRIGUEZ, A. P.; CASAS, J. C. **Dicionário teológico da vida consagrada**. São Paulo: Paulus, 1994.

ROMANO, R. **Os mecanismos da conquista colonial**. São Paulo: Perspectiva, 1973.

SALAMA, P. De Roma ao Islã. *In*: MOKHTAR, G. **A África antiga**. 2. ed. rev. Brasília: UNESCO, 2010b.

SALAMA, P. O Saara durante a Antiguidade Clássica. *In*: MOKHTAR, G. **A África antiga**. 2. ed. rev. Brasília: UNESCO, 2010a.

SAMUEL, A. **As religiões hoje**. Tradução de Benôni Lemos. São Paulo: Paulus, 1997.

SAMUEL, J. **The history of the yorubas**. Cambridge: Cambridge University Press, 2011.

SARTRE, J. P. **Existencialismo é humanismo**. Tradução de Virgílio Ferreira. São Paulo: Abril Cultural, 1978. (Coleção Os Pensadores).

SHATTUCK, C. **Hinduísmo**. Lisboa: Edições 70, 2001.

SUESS, P. **A conquista espiritual da América espanhola**. Petrópolis: Vozes 1992.

SUTTON, J. A pré-história da África Oriental. *In*: KI-ZERBO, J. **Metodologia e pré-história da África**. 2. ed. rev. Brasília: UNESCO, 2010.

TEIXEIRA, F. O diálogo inter-religioso. *In*: TEIXEIRA, F.; DIAS, Z. M. **Ecumenismo e diálogo inter-religioso**: a arte do possível. São Paulo: Santuário, 2008. p. 119–221.

TEIXEIRA, F. **Teologia das religiões**: uma visão panorâmica. São Paulo, 1995.

TREVIJANO, R. **A bíblia no cristianismo antigo**. São Paulo: Ave Maria, 1996.

TRIPITAKA. Disponível em: https://bit.ly/2QrooeD. Acesso em: 20 nov. 2019.

VOEGELIN, E. **Helenismo, Roma e cristianismo primitivo**. São Paulo: Realizações, 2012. (Coleção História das ideias políticas, v. I).

WALKER, B. **Foundations of Islam**: the making of a world faith. Londres: Peter Owen, 1998.

WEIBERG, S. **Os três primeiros minutos**: uma análise moderna da origem do Universo. Lisboa: Gradiva, 1987.